「アナルは無理だろ。一緒にイこう」
「是永さ……」
もう逃げない。正気には戻らない。
そう確信して彼の名を呼ぶ。

Cocktail Kiss Label

彼と彼との家族のカタチ

火崎　勇
Yuu Hizaki

この物語はフィクションであり、実在の人物・団体・事件等とは、いっさい関係ありません。

Contents

イラスト・金ひかる

彼と彼との家族のカタチ

宇垣《うがき》の両親が飛行機事故で亡くなったという知らせを受けたのは、妹のみゆと留守番をしていたロサンゼルスの自宅だった。

父さんは優秀な弁護士で、顧客の招きでネバダへ向かう途中だった。

まだ五歳の小さなみゆを抱えて、何をどうしたらいいのか全くわからず呆然《ぼうぜん》としている俺の前に、父さんの同僚であったカトウさんがやってきた。

「条《じょう》、君がここでみゆちゃんを育てていくのには無理がある。わかるね？」

率直な言葉に、俺は頷《うなず》いた。

日本でいえば成人にあたる二十歳にはなっていたが、勤めをしているわけではなく、お金のこともみゆの学校の進学のことも、何もわからないのだから。

「どうだろう。君さえよければ、宇垣のお母さん、つまりみゆちゃんのお祖母《ばあ》さんの家に行ってみないか？」

「おばあちゃん……？　でも彼女は日本で……」

「そう。だから、君とみゆちゃんで、日本に戻らないか、というんだ。君は日本に行ったことがないから不安かもしれないが、日本はアメリカより安全だ。みゆちゃんにはここより暮らしやすいかもしれない」

「でもカトウさん。おばあさんはアメリカにも来ないいんでしょう？　俺のことを歓迎していないんじゃ？」

両親の事故の知らせがあった時、すぐに祖母は飛んで来るだろうと思っていたのだが、彼女は来なかった。

もう亡くなってしまったのだから、行っても仕方がないと言ったとか言わないとか。

なので葬儀はこちらで、両親の友人達が執《と》り行ってくれたのだ。

「宇垣さん、宇垣勝子《かつこ》というのがおばあさんの名前だが、勝子さんは肺気胸《はいききょう》という病気でね。年齢のせいもあって医者に飛行機に乗るのを止められたらしい」

「身体が弱いんですか？」

「いやいや、とても元気なご婦人だったよ。肺気胸も軽度で、手術の必要もないようだが、やはりアメリカまでの長距離は何が起こるかわからないから大事をとらされたのだろう。君達を引き取る気があるかと尋ねたら、早く息子夫婦と孫達を連れてきてくれと言われた」

「息子夫婦？」

「日本で埋葬するようだ」

「ああ、そうですね。その方がいいかも」

両親はグリーンカード、アメリカの永住権を持っていた。母が、日系のアメリカ人だったからだ。

望めばこちらで母方の墓地に埋葬することもできるのだが、祖父母はおらず、残っているのは母の妹夫婦だけ。

これから先のことを考えると、やはり父の粗母に届けた方がいいだろう。

「日本に行くのは怖いかい？」

カトウさんの言葉に、俺は首を振った。

「どこへでも行きます。みゆが幸せになれる場所なら。俺はどこへでも生きていけますから」

俺の言葉に彼が苦笑する。

「確かに、条は優秀だ。君ならきっと上手くやれるだろう。それじゃ、勝子さんのところへ行くと決めていいね？」

「はい。よろしくお願いします」

どれがよい道かなんて、俺にはわからない。

俺は決断を下すには無知だから。

でもカトウさんは信頼に足る大人だ。信頼のおける大人がこれがいいと言ってくれるなら、それを選んだ方がいいのだろう。

カトウさんはとても優秀で、俺が家の片付けをしている間に家を売り、両親の遺産をまとめ、俺達の渡航手続きをし、荷物を発送した。

近所への挨拶も済ませ、通ってきていたシッターを中止し、いらないものは地域のバザーに提供することも忘れなかった。

空港へ俺達を送り届けるまで、完璧な弁護士だったと言っていいだろう。

問題は日本に到着してからなのだが、そこも彼はぬかりがなかった。

成田へ到着すると、予約を入れていたタクシーが俺達を待っていて、何も言わなくても宇垣のおばあちゃんの家まで運んでくれたのだ。

みゆは長い移動に退屈していたが、車が都心部へ入ると、物珍しさから窓に張り付いたままだった。

不安はある。

けれど、今までの人生何とかなったのだから、これからもきっと何とかなるだろう。

何より日本はアメリカとは違って平和な国だ。

しかも同国人ばかりで、俺達が悪目立ちしたり差別を受ける心配もない。何せ俺達の見た目は日本人そのものなのだから。

今乗ってるタクシーの運転手も、俺を日本人だと思って話しかけてきている。

「小さい妹さんが一緒だと大変だねぇ」

年配の運転手は、とても愛想がよかった。

「日本のお金をあまり持っていないので、カードで大丈夫ですか？」

「ああ、まだ両替してないいんだね。大丈夫だよ」

日本はアメリカよりキャッスレス化が遅れていると聞いていたが、何とかなりそうだ。

「アメリカのタクシーとはやっぱり違うかい？」

「ドアが自動で開くのは驚きました」

タクシーの運転手とそんなやりとりをしながら到着したのは、生け垣に囲まれた古い家だった。隣に立つ家が新しそうなモダンな家なので、古さが目立つ。

カードで代金を払い、スーツケース一つだけを持って車を降りる。

他の荷物は既《すで》にカトウさんが送ってくれていたので身軽なものだ。

「ここ、どこ？」

少し眠くなってきていたみゆは、ぼうっとした目で家を見上げた。

「みゆのおばあちゃんの家だよ。今日からここで暮らすんだ」

「ここで？」

「うん」

そうなんだぞと自分にも言い聞かせて、スーツケースとみゆの手を握り門扉《もんぴ》のない入り口を入る。

玄関へ続くように敷かれている何枚かの敷石を踏んで、玄関の扉の前に。

変な形の扉だ。

格子《こうし》の中にガラスの嵌《は》まった薄い扉は、ノブが無い。ノッカーもない。

どうしたら来訪を告げられるのかと眺めていると、扉の横に小さなスイッチがあった。

「……これかな？」

思い切ってそのボタンを押すと、家の中からブザーの音が響く。どうやらこれで合っていたようだ。

暫《しばら》く待つと、ガラスの向こうに人影が映る。

カチャカチャと音がして、扉は横にスライドした。

なるほど、これはスライドドアだったのか。

現れたのは、綺麗な灰色の髪をした細身の美しい女性だった。民族衣装の着物がよく似合っている。

彼女は俺とみゆを上から下まで眺めまわし、冷たい声で言った。

「条とみゆだね。入んなさい」

歓迎……、されてるのか？

「ミセス宇垣、あの……」

「立ち話はしないよ。入んなさい。ここはアメリカと違うから、家に入る時には靴を脱いでから上がるんだよ」

「はい。みゆ、靴を」

グズグスしてると叱られそうだ。

家の中は玄関より一段高くなっている。

ミセス宇垣は指の割れた白い靴下でそこに立っているから、上の段にはみゆを座らせても大丈夫だろう。

「座って」

座ることを促し、小さな足から靴を脱がそうとすると、ミセス宇垣の声が飛んだ。

「みゆはもう五歳だろう。自分で脱がせなさい。できるね？」

最後の一言はみゆに向けてだ。

「できるー」

言われたみゆは両手を上げて答えた。

「じゃ自分で脱ぎなさい」

「はぁい」

高い可愛い声に少しほっとする。

みゆはミセス宇垣を恐れてはいないようだ。

玄関先にスーツケースを置かせてもらい、俺とみゆはミセス宇垣について奥へ向かった。

木を多用した建物。

床もツルツルな古い板。壁は壁紙ではなく、石？　石膏《せっこう》？　部屋の仕切りの扉には紙が貼ってある。

不思議な建物だ。

日本は木と紙で出来てると聞いたが、その通りなんだ。

通された部屋は草を編み込んだ床で、低いテーブルの周囲には平たいクッションが置かれている。

「おザブトンって言うの。あの上に座るの」

言うなりみゆは小走りにクッションの上にちょこんと座った。

「よく覚えてたね。条、あんたも座りなさい。足は崩していい。今お茶を持ってこよう」

「あ、はい、すみません」

ミセス宇垣は、俺のことを『条』と呼んだ。

俺が誰だかちゃんとわかってるのだ。それだけで、少しほっとした。

「これねぇ、タタミって言うの」

みゆが床を叩いて言った。

「タタミ?」

「そう。この上でゴロンしてもいいの」

「怒られない?」

「お客様の前ではダメだけど、家族だけならいいの」

「へぇ」

「何にも用意してなかったから、大したもんはないよ」

そう言いながら戻ってきたミセス宇垣は、アイスティーとケーキの載った皿を持ってきた。

この早さからすると、用意して待っていたに違いない。

「ケーキ！　好き！　おばあちゃん作った？」

「私が作るわけないだろう。もらいものだよ」

「もらいもの？」

「知り合いがくれたものだ」

「プレゼント？」

「いいからさっさとお食べ。話ながら食べるんじゃないよ」

「はーい！」

みゆはすぐにフォークを持ってケーキに取り掛かった。

俺も食べていいのだろうか？

迷っていると、ミセス宇垣はジロリとこちらを睨《にら》んだ。

「毒なんか入ってないから食べなさい」

「そんな、毒なんて……！　俺も食べていいんですか？」

「食べていけないものを目の前に出すほど悪趣味じゃないよ」

彼女は取っ手の付いていないカップで、俺達とは違うお茶を飲んだ。あれは湯飲みだ。父さんも使っていた日本茶専用のカップだ。

「いいかい。条もみゆも、これからはここで暮らすんだ。私の言うことは聞いてもらうよ。いつまでもおびおびおどおどしてられちゃ気分が悪い。私の孫なら孫らしく、シャキとおし」

「でもミセス宇垣……」

「何だいその呼び方は。孫なら孫らしく『おばあちゃん』と呼びな」

「すみません。でも、俺もそう呼んでいいんですか？」

「他に何て呼ぶつもりだい」

「ミセス宇垣……」

彼女はジロッとこちらを睨んだ。

「あんたがアメリカ生まれで、日本には初めて来たってことはわかってる。だから他の人をそう呼ぶのはいいだろう。でも私は御免だね。二度とそんな呼び方をするんじゃないよ」

「あ、はい……」

「わかったら、さっさと菓子を食べちまいな。家の中を案内しなきゃいけないし、あんた達を風呂に入れてやらなきゃいけないし、時間が足りないんだから」

「はい」

怒らせてしまったかな？

様子を窺《うかが》いながら口へ運ぶケーキは、アメリカのものよりも優しい味がした。

「お兄ちゃん。おばあちゃんタツミゲーシャだったから口が悪いんだって。でも怒ってないんだって」

「タツミゲーシャ？　芸者？」

「そんな大昔のことはどうでもいいんだよ」

ミセス宇垣……、おばあちゃんはそう言ってみゆを睨んだ。

けれどみゆはにこにこ笑って「お写真見た、キレイだった」と笑った。

綺麗、か。

確かにシワはあるけれど、おばあちゃんは美人だった。若い頃はきっとモテただろう。

それを口にするとまた叱られそうだけれど。

「ケーキもっと食べたい」

「夕飯の支度がしてあるんだからダメだよ。食べたらおいで、部屋へ行くから」

口の悪い女性は何人も知っている。ダイナーのマギーはいつも怒ってるような口ぶりだったけれど悪い人ではなかった。

おばあちゃんもきっとそういうタイプなのだろう。

上手くやらなければ。行儀よくして、気に入ってもらわなければ。

ここを追い出されたらどこにも行くところはないのだ。

みゆとも離れたくない。

「お部屋、楽しみねぇ」

笑いかけるみゆに、自分も釣られて笑顔になる。

けれど次の一言で、その笑顔が固まった。

「はやくパパ達も来るといいのにねえ」

相槌を打つこともできず固まったままでいると、おばあちゃんは今までとは違う話し方で静かに言った。

「私が話して諭《さと》すから安心おし」

その時の眼差しは、悲しいほど優しかった。


こうして、俺、宇垣条の日本での新しい生活は始まった。

言葉遣いや目付きなどから怖い人だと思っていたおばあちゃんだったが、そうではないということは三日も経たずわかった。

一人住まいには広過ぎて部屋が余ってたからと言いながら、俺達にはそれぞれ個室が与えられた。

みゆはまだ小さいので、一階のおばあちゃんの隣の部屋。

何か粗相《そそう》をされたら困るからだと言ったけれど、どう見ても可愛いからとしか思えない。女の子らしい机やベッド、可愛いタンスまで用意されていたのだから。

アメリカから送ったのとは別に着替えの服もあったし、ぬいぐるみまで置かれていた。待ち遠しくて仕方なかったんだな。

「友人が女の子の部屋を手掛けたがってね。任せたら勝手に用意したんだよ」

なのにおばあちゃんは俺の視線を受けて、言い訳するように言った。どうやら彼女は照れ屋さんなようだ。

友人が女の子の部屋を手掛けたかっただけと言ったけれど、男の俺の部屋もちゃんと用意されていた。

「あんたは成人男性だから一人で過ごしたいこともあるだろう。二階の左の部屋だよ。私はもう階段を上るのは面倒だから殆《ほとん》ど使ってないんだ、二階はあんたが自由に使うといい。ただし、二階の掃除や片付けは全部してもらうからね」

使っていないのなら片付けも掃除もいらないだろうにそう言うのは、俺が気にしないようになのかな。

俺の部屋にもベッドがあった。ここへ運び入れるのは大変だっただろう。

なのにおばあちゃんはこう言った。

「昔誰かが運んだんだろ。あんた達はアメリカ暮らしが長いんだから、ベッドがあってよかったじゃないか」

俺達の生活習慣を考えて、わざわざベッドを買い入れてくれたってことだろう。

つまり、おばあちゃんは素直じゃないけど優しい人なのだ。

俺が日本での働き口が決まっていないことを言った時も。

「丁度《ちょうど》いいから暫くウチのことをやっておくれ。家政夫だって立派な仕事なんだから」

と言い。

「日本の料理にあまり詳しくなくて」

と言うと、翌日には料理の本が何冊も座敷に置かれていた。

どれも新品だったのに。

「家を捜したら出てきたからあげるよ。それで美味しい料理を作っとくれ」

と言った。

買い物に行った時には、俺とみゆを連れて歩き、近所の人に孫が二人も来て面倒臭いと言って回った。

面倒臭いとは言っても、俺達が孫であることは説明してくれている。

それにご近所の人は、あれで嬉しいのよ、と見抜いていた。

一週間もすると、みゆはすっかりおばあちゃんに懐き、俺もこの人の孫と呼ばれることに慣れてきた。

年齢的に五歳児の相手をするのはなかなか大変なのでは、と思っていたが、おばあちゃんは健康だった。

肺気胸のことを尋ねると、医者が大袈裟《おおげさ》なだけだし飛行機が嫌いなんだと言っていた。

でもみゆに対する態度を見ている限り、彼女としてはちゃんと渡米したかったのだろうと思えた。

本当に病気が原因か、これまでの彼女の性格を分析すると人前で泣くのが嫌だったからなのかもしれない。

持ち帰った両親のお骨を宇垣の墓に納骨する時には涙を流していたが、俺がそれに気づくとさっと涙を隠して『親不孝だ』と悪態をついていたから。

おばあちゃんは、弱みを見せたくない人なのだろう。

父さんの話では、おじいちゃんは早くに亡くなり、おばあちゃんは女手一つでお父さんを育てたらしいので、強く生きなければならなかったはずだ。

なのにそうして育てた息子は大学から留学して外国暮らし。結婚も異国でして、彼女はたった一人日本に残された。

きっと孤独で寂しい日々だったに違いない。

だから強い態度に出るのだろう。

と思っていたのだが、どうやらそうでもなかったようだ。

玄関のブザーが鳴って来客を知らせる。

「俺が出ます」

座敷でみゆの相手をしているおばあちゃんに声をかけ、夕飯を作っていた手を止めてキッチンから玄関へ向かう。

玄関の磨《す》りガラスの格子の向こうには赤い人影が透けて見えた。

……赤？

何かお届け物かな？

「はい。どなた？」

玄関の段差から一歩下りて身を乗り出し、扉に手を掛けようとした途端、向こうから扉が開いた。

目の前に差し出される真っ赤なバラの花。

……何？

「ただいま。今日こそ結婚してくれ、カチコさん」

は？

わけがわからないまま高速で頭を回転させ、何とか状況を把握する。プロポーズの言葉に赤いバラ、けれどこの家にその対象になるような女性はいない。となれば出てくる答えは『この人は家間違いをしてる』だ。

「あの……、この家にカチコさんという方はいらっしゃいません。住所をお間違えでは？」

恐る恐る言うと、バラの花が退いた。

花の向こうから現れたのは、きりっとした顔立ちのイケメンだった。まるで俳優のような、日本人にしては珍しい目鼻立ちのはっきりした人だ。

「誰だ、お前は」

その整った顔が歪《ゆが》み、俺を見て強い口調で咎《とが》める。

「この家の者ですが……」

「この家の？　カチコさんは？」

「カチコさんとおっしゃる方はこの家にはおりません」

答えると、彼は即座に否定を被せてきた。

「バカか！　ここはカチコさんの家だろう」

「バカはお前さんだよ、湊《みなと》」

勢い込んで男の人が近寄ってきた時、背後からおばあちゃんの声が飛んだ。

「カチコさん」

男の人は満面の笑みになってから改めてバラの花束をおばあちゃんの方へ差し出した。

「結婚してください」

え？

カチコさんっておばあちゃんのことなのか？

でもおばあちゃんの名前はカツコだし、何より目の前のイケメンはどう見たって三十歳前後、おばあちゃんは七十歳ぐらいだと思う。何かおかしくないか？

おかしいはずなのに、バラの人は花束を差し出しておばあちゃんの前に跪《ひざまず》いていた。

「いい加減におし。条が驚いてるだろ」

そのバラの人の頭を、おばあちゃんが容赦《ようしゃ》なく叩く。

「くだらないことやってないで、空港から真っすぐ来たのかい？　食事は？」

叩かれた彼は、口を尖《とが》らせ、子供のような顔になり立ち上がる。

「くだらなくないだろう。本気なんだから。花屋には寄ったが真っすぐきた。カチコさんの作る夕飯が楽しみで」

「残念だったね。私の作った夕飯なんてものはないよ」

「俺、腹ペコだぜ？」

「今夜はそっちの条が作った料理しかないからね。食べたかったらその子にお願いしな」

言われて彼は俺に視線を戻した。

けれどその目はまた冷たいものだ。

「これ、誰？　俺がいない間に男作ったの？」

「ばか。言ってあっただろう。孫だよ」

「孫？　でも……」

「いいから上がるんだか上がらないんだかさっさとお決め」

「そりゃ上がるさ」

おばあちゃんの言葉に、彼の顔に笑みが浮かぶ。

「初めまして、隣の是永《これなが》湊です」

「え？　あ、はい、初めまして。俺は宇垣条です」

「ヨロシク、条くん」

是永さんが手を差し出したので、その手を取って握手する。

握り返された手の力は強く、態度とは裏腹に歓迎されてないのだと教えた。

「俺のご飯も作ってくれる？」

「はい。シチューですから、人数関係ないですし。どうぞ」

「シチュー？　和食がよかったな」

是永さんが呟《つぶや》くと、すかさずおばあちゃんのお叱りが飛んだ。

「文句言うんじゃないよ。人様の家でごちそうになるのに」

「はい、はい。あ、条くん、花瓶ある？」

「条でいいです。キッチンにあると思います。そのお花飾るんですよね？　やります」

「いや、君は料理を作ってるんだろ？　俺がやるよ。活《い》けて座敷に持ってくから行っていいよ、カチコさん」

「ケンカはするんじゃないよ」

二人こそ、まるで本当の祖母と孫みたいだ。

おばあちゃんも驚いた様子を見せなかったのは、プロポーズは彼等の間ではお馴染みのジョークだったに違いない。

おばあちゃんがみゆの待つ座敷へ消えると、是永さんは俺を追い越してキッチンに入り、勝手に戸棚を開けて花瓶を取り出した。何がどこにあるかわかっている動きだ。

だったら、俺に『花瓶ある？』なんて訊《き》くことはなかったのに。

ああ、そうか。俺の様子を窺いたかったのか。

気づいて意識すると、彼がバラを花瓶に飾りながらチラチラとこちらの様子を窺っているのがわかった。

別に見られて困ることはないので無視することにしたが。

無視すると、彼は近づいてきて鍋の中身を覗いた。

「条だっけ？　お前ちゃんとカチコさんの手伝いとかしてるか？」

「さっきも気になったんですが、カチコさんって？」

「勝子さんのことだよ。お前のおばあちゃん」

「もちろん手伝ってますが、何故《なぜ》おばあちゃんを『カチコさん』と？」

「秘密だ」

フフン、と鼻を鳴らすのが子供っぽい。そこに興味を持って欲しいのだろうか？　でも今は食事の用意が先だ。

「わかりました。是永さんはおばあちゃんをカチコさんと呼ぶ、と覚えておきます」

俺が受け入れると、彼は『おや？』という顔をした。

「素直だな」

「俺よりおばあちゃんと付き合いの長い人ですから何か理由があるんでしょう。それにおばあちゃんが止めてと言ってませんでしたから」

彼の分の新しい皿を出して、四人分のシチューをトレーに載せて奥の座敷へ向かう。

「ふむ。俺とカチコさんは昔からの付き合いでな、初めて彼女の名前の漢字を見た時にそのまま読んだんだ。勝つ子供でカチコって」

俺が素直に受け入れたからか、説明したかったのか、彼はバラを活けた花瓶を抱えて付いてきながら説明してくれた。

意地悪な人ではないようだ。

「おきゃくさん？」

座敷に入る前に、中にいたみゆが顔を出す。

襖《ふすま》からちょこんと顔だけ出している姿を見て、是永さんは彼女の目線に合わせてしゃがみ込んだ。

「こんにちは。みゆちゃん？」

挨拶され、みゆは一瞬引っ込んだが、すぐにまた出てきてペコリと頭を下げた。

「こんにちは。みゆです」

「お兄ちゃんは湊だ」

「みなと？　お船？」

「ハハッ、その港とは違うけど、そう覚えてもいいぞ」

是永さんはみゆをひょいっと抱き上げた。

カン高い声でみゆが笑う。これは喜んでる声だな。

「怖くないか？　好きか？」

「好き」

「そうか、ほうらこれはどうだ？」

しっかりと身体を支え、みゆに高い高いをしてやる。キャッキャと喜ぶみゆを抱いたまま、彼は座敷に入り、座布団の上にそっとおろした。

「もっと」

「みゆ、もうお食事だよ」

「……はぁい」

おばあちゃんの声が飛び、叱られたと思ったのかシュンとしたみゆの頭を、是永さんはちょっと乱暴に撫《な》でた。

「また後でやってやるよ」

「ホント？」

「ああ」

子供好きなのかな？

だといいな。みゆには優しい人に囲まれていて欲しいから。

ただし、変な意味での子供好きは困る。けれどそれもおばあちゃんがターゲットなら気にすることはないだろう。変わった人だけれど、おばあちゃんが家に上げる人だもの信頼していいのかも。

だったら、俺はこの人にも気に入られるようにしないと。

自分は、みゆを守るためにここにいるのだ。

そしておばあちゃんも守る。そのためには、一つだけ確認しておかないと。

「あの、おばあちゃん。是永さんはお婆ちゃんのフィアンセですか？　ストーカーですか？」

俺の言葉に、是永さんはジロッとこちらを見た。

「近所の子供だよ。くだらないプロポーズは冗談だ」

「俺は本気だ」

「冗談だ」

反論しようとする是永さんの言葉を、彼女は一蹴《いっしゅう》した。

「ま、ストーカーじゃないから安心おし。これで根はいい子だから」

おばあちゃんは俺の意図に気づいたらしい。彼は敵ではないと付け加えた。

「わかりました。じゃあ適度に受け流します」

もし彼が本気だったとしても、おばあちゃんは本気と思っていない。でも親しくはしている、という認識でいいだろう。

この人は家族ではないけれど、食卓に座る人ではある、と。

「お、結構美味《うま》いな」

「みなと、『いただきます』は？」

誰よりも先にシチューを口に運んだことをみゆに咎められ、恥ずかしそうに頭を掻《か》くぐらいにはいい人だな。

彼はみゆの顔を覗き込み、謝罪した。

「悪かった、それじゃ、いただきます」

「いただきます」

目を見て話しかけられ、みゆがにこっと笑う。

見事に溶け込む是永さんを見て、この風景の中で余分なのは自分かもしれないと思った。異質な存在は自分だと。


その夜、是永さんが食事を終えると、おばあちゃんは早々に彼を追い出した。

「今は孫の世話で忙しいんだから、さっさと家に帰んな」

もっとゴネるかと思ったのだが、是永さんは渋々という顔をしながら素直に彼女の言葉に従った。

「プロポーズされてるんですね」

彼が帰ってから、そこのところをちゃんと説明してもらおうかと問いかけたのだが、おばあちゃんは厳しい目でジロリと俺を睨んだ。

これは、くだらないことを訊くんじゃないという顔だ。

「隣の子供の世迷《よまよ》いごとなんかに耳を傾ける必要はないよ。冗談だと言っただろ」

「よまよいごと？」

「馬鹿馬鹿しい話ってことさ。また何か言ってきても聞き流しておきな」

是永さんがプロポーズを口にするのは容認していても、それを話題にされるのは好かないようだ。

当然かもしれないけれど。

ただ、彼が本気なら自分はそれに反対しない方がいいだろう。

老女趣味だけではなく、彼は昔の綺麗だったおばあちゃんを知っていて、それが忘れられないという純愛かもしれないし。アメリカでは五十くらい年の違う夫婦もいるし。

けれど、おばあちゃんの前ではプロポーズのことは話題にしない方がいいということだけは忘れないようにしよう。彼女の気分は害したくない。

夜、おばあちゃんとみゆがお風呂に入っている間に洗い物を済ませ、二人が出てきたら交替でお風呂に入る。

その後は二階の、与えられた自分の部屋で日本語の勉強だ。

もう大分わかったつもりになっていたが、『よまよいごと』はわからなかった。アメリカで生活している時には使わなかった言葉も、日本で生活しているとこれから色々出てくるのかもしれない。

こんなことも知らないなんておかしい、と思われないようにしないと。

よき孫であるように。

よき兄であるように。

できるだけの努力をしたい。

「……よまよいごとって、辞書に載ってないや」

道はなかなか険しいかもしれないけど。

ゆっくりでいい、と父さんは言っていた。

焦ってもいいことはない、と。

でも俺は時間が有限であることを知っている。いい意味でも悪い意味でも、明日何が起こるかわからないということも。

まあ、悪いことが起こっても、それが自分にだけならどうでもいいんだけど。

時計を見て、もう眠る時間になっていることに気づいてベッドに潜り込む。

寝て起きればまた明日。

新しい一日が始まる。

この頃になると、もう何をしたらいいのかを悩むことはなくなっていた。大体のルーティーンが決まってきたからだ。

翌朝、目が覚めると着替えて階下へ。

朝食はおばあちゃんが作るので、その間みゆの相手をする。

着替えなどはもちろんおばあちゃんが済ませていた。ありがたいのは、みゆの髪の毛だ。

ちょっとクセのあるみゆの髪は、母が生きている頃は毎朝彼女が綺麗に二つに結んであげていた。

両親が亡くなった後、髪を結んで欲しいと言われてトライしたのだが、簡単だと思ったその行為はなかなかに難しかった。

何度やっても一房零《ひとふさこぼ》れる髪が出るのだ。

仕方なくみゆにはツインテールは諦めて、カチューシャを使ってもらうようにしていたのだが、彼女は不満そうだった。

そのツインテールを、おばあちゃんは綺麗に結んでくれるのだ。

お陰で、朝はちょっと不機嫌だったみゆも、ここに来てから毎日ご機嫌だ。

朝食が終わると、洗い物は俺。

おばあちゃんは洗い物が嫌いらしい。

それも終えると、掃除と洗濯。

時にはおばあちゃんの友人が訪ねてくることもあるが、その席での主役は友人でもおばあちゃんでもなく、小さなみゆだった。

俺はその場に呼ばれることはなく、自分でも参加しないようにしていた。

おばあちゃんは、来たくなったら入っておいでと言ってくれるけれど、俺がそれを望んでいなかったので。

おばあちゃんのお友達はそうではないのかもしれないが、アメリカでは、亡くなった両親のことなどを色々と訊いてきた。

みゆには訊けないようなことを、大人の俺には何でも尋ねた。

それに答えることも、その話をみゆやおばあちゃんの前で口にすることも、したくなかったのだ。

昼食は俺とおばあちゃんの、どちらかが作る。当番ではなく、その時々だ。

みゆがおばあちゃんと遊びたがることが増えてきたので、ここのところは俺が作ることが多くなってきた。

けれど俺の料理はやはりお婆ちゃんの舌には合わないのだろう、みゆに相手をせがまれていてもお婆ちゃんが料理に立つこともある。

そういう時は大抵和食だ。

午後になると、三人で散歩がてら買い物へ。

まだおばあちゃんのお友達がいる時には、俺一人で行く。

戻ったら夕飯。

これはほぼ俺が作る。

和食の練習もしたいので、時間をかけて作れる夕食はやりたいと自分から申し出た。自分の役割が欲しかったからかも。

食後には、風呂に入ってそれぞれの部屋へ。

俺は勉強してから、ベッドに入る。

ここに新しく加わったのが是永さんの存在だ。

彼が夕食時に、毎日のようにお土産を持って訪れるようになった。

バラの花束ではなく、ケーキやお菓子、ぬいぐるみ等。もしかしてターゲットがみゆに変わったのかと心配したが、みゆに優しくするとおばあちゃんが喜ぶとわかってのことらしい。

おばあちゃんには別に佃煮《つくだに》だのお茶だのを持ってきていたし。

「湊は一人暮らしだからね。まあ時々なら食べに来てもいいだろ」

とおばあちゃんは言ったが、夕飯を用意する身としてはおかずが足りなくなる心配があるので、来る前に連絡が欲しいとお願いした。

是永さんは長居をすることはなく、夕食が終わったら少し話をして帰る。

単調だけれど平穏な日々。

ただ、この状態では生活費を稼ぐことはできない。

両親の遺産や事故の保険金はあるけれど、それはみゆの将来のためにとっておきたい。

そこで、俺は働きに出たい、と言ってみた。

「会社員になりたいのかい?」

おばあちゃんは真面目に聞いてくれた。

「それは多分無理だと思います。日本って、大学の新卒しか会社員になれないんでしょう?」

「そんなことはないさ。今時は中途採用だっていっぱいある。あんたは英語が話せるんだから、それなりに需要はあるだろう」

「でも俺の英語はあまり綺麗じゃないと思います」

「それでも、喋《しゃべ》れない人よりは優秀さ。ただ、条は日本の習慣には疎《うと》いだろう？」

「……それはそうかもしれません」

「もう少しそういうところを勉強してからのがいいと思うがね。明日食えなくなるってわけじゃないんだし、先のことを考えるならじっくり腰を据えてやるのがいいだろう」

「でも……」

「ゆっくり準備をしてから、たっぷり稼いでくれりゃいいよ」

「はい……」

とは言われても、やはり心苦しい。

「アルバイトぐらいは……」

言いかけた俺を、おばあちゃんはまた睨んだ。

「グダグダ言ってんじゃないよ。たった今、答えは出してやっただろう。それに意見する気なら、ちゃんと私を説得できる裏付けを持っといで。自分に何ができて、どこでどういう仕事をしたいのか。何でそれを選んだのか。何にも決まってないうちは聞く耳もたないよ」

反論はできなかった。

確かに、働かなきゃって思うだけで、おばあちゃんの言ったことは何一つ考えていなかったのだから。

日本なら、日本人の俺なら、何かできるだろうと安易に考えていただけなのだ。

何かをするためには、ちゃんと相手を納得させる理由がないと。まず自分に何ができるのかを考えなければ。

おばあちゃんは今動くことには反対のようだから、相談できる相手はいない。かといって何もしないままもできないので、自分で探さなければ。

ネット、かな？　本当は相談できる人がいればいいのだけれど。またそこまで親しい人間はいないし。

そんな時、偶然その『相手』を見つけることができた。

日本のことを知り、仕事のことを知り、俺の言葉に耳を傾けてくれる人を。


よく晴れた日曜日。

おばあちゃんは縁側に自分の布団を持ってきて広げた。

「ここで寝るんですか？」

と訊くと。

「今日はいい日和《ひより》だから布団を干すのさ」

「干す？」

「太陽の日差しでふかふかになるからね。あんたの掛け布団も持っておいで」

「ただ広げておくだけでいいんですか？」

「お日様が上手くやってくれるのさ。昔は庭に干してたんだけど、今はもう力がないからねえ。こうやって並べとくだけだけど、夜にはいい塩梅《あんばい》になるよ」

『あんばい』、またわからない言葉だ。

でも多分、『いい感じ』というような意味だろう。

俺は言われた通り自分の部屋から布団を持ってきてそこに並べた。

おばあちゃんとみゆと俺の布団がひしめき合って縁側を占領する。

何だかいい感じだ。

「夕方には取り込むからね」

そのまま布団は放置し、昼食を摂《と》る。

今日の昼食は昨夜作った煮物と焼き魚。

みゆは魚があまり好きではないので、煮物ばかりをつついていておばあちゃんに怒られた。

好き嫌いは許さない、と。

みゆは渋々と魚を食べていたが、実は俺も魚は苦手だ。嫌いなのではなく、箸が上手く使えないからだ。

汚く食べるとまた怒られるので、ゆっくりと時間をかけて食べた。

食後はいつものように洗い物をして、そろそろ買い物に出ようかとおばあちゃん達を探すと、みゆが干してある布団の上で丸くなっていた。

ふかふかになった布団と、暖かな日差しに誘われたのだろう。

驚いたのは、その隣におばあちゃんが横になっていたことだ。

おばあちゃんは、丸くなって眠るみゆに手を掛けて横になっていた。眠ってしまったみゆに添い寝をしているうちに一緒に寝てしまった、というところか。

微笑《ほほえ》ましい光景。

幸せそうな姿に顔が綻《ほころ》ぶ。

でもどうしよう。

このまま寝かせておくべきか、それとも起こすべきか。

秋の始めの日差しは暖かく、上掛けがなくとも寒くはないだろうが、こんなところで寝ては風邪を引かないだろうか？

二人を見下ろして迷っていると、突然背後から腕を掴まれた。

「ファ……！」

声を上げようとした口も塞《ふさ》がれる。

ドロボウ？

「静かに。そのままにしといてやれ」

耳元で囁《ささや》く声には聞き覚えがある。

俺は肘鉄《ひじてつ》を入れようとしていた腕を止めた。

口を塞いでいた手を軽く叩くと、手が離れる。

「いつの間に入ってきたんです？　是永さん」

そこにいたのは隣人の是永さんだった。

「たった今だ」

「声ぐらいかけてください」

「一応かけた。奥にいて聞こえなかったんだろう。こっちへ来い」

掴まれた腕を引かれて、縁側のある座敷から連れ出される。

廊下に出ると、彼は声のトーンを上げた。

「あのまま寝かせておいてやれ。幸せそうで可愛いじゃないか」

「俺もそう思いますが、不用心ですよ？」

「ここいらはアメリカほど危険じゃない。カチコさんが安らいでるのを邪魔したくないんだ」

「でも……」

「丁度いい。お前に話があるんだ。ちょっと俺のとこへ来い」

「あなたのところ？」

「隣だよ。いいから来い」

「是永さん」

彼は強引に俺を引っ張って家から連れ出した。

彼はおばあちゃんを好きなのだから、彼女が危険な目に遭うようなことはしないだろう。それなら少しの間あのままにしていてもいいのかも。

それに、是永さんはおばあちゃんと親しいので気分を害させて嫌われたくない。おとなしく付いていく方がいいだろう。

「カチコさんが昼寝をするなんて珍しいんだ。よほど疲れてるか、気を許してるんだろう。あいう時間はそっとしておきたい」

うん、同意する。

ああいう時間はとても大切なものだ。

付いて行った隣の是永さんの家は、白壁に囲まれた今時の建物だなと思っていた。

けれど前を通るだけで中に入るのは初めてだ。門をくぐり玄関のドアを開けると、宇垣の家とは全く違った空間が広がる。

黒い敷石の玄関にはシューズクローゼット、奥に続く廊下は白い壁に囲まれ、その先のリビングはまるでショールームのように美しい。

どうやら彼は相当な金持ちらしい。

広いリビングには革張りの大きな黒いソファが置かれ、彼はそこに座るように示した。

「コーヒーでいいな」

「お気遣いなく」

「俺が飲みたいからだ」

そう言って彼がいったん部屋から消える。

待っている間に部屋を眺めると、やっぱり豪華だと思ったが、どうしてだかショールームだという感じが抜けない。

大型のテレビ、高級そうなオーディオ、立派な応接セット。でもそれは『見たこともない』というほどではない。

なのにどうしてこんなに余所余所《よそよそ》しいのか。

……そうか、生活感がないのだ。

脱ぎ捨てた上着とか、家族の写真とか、読みかけの雑誌とか、そういう生活を感じさせるものがないからだ。

「ブラックでもいいな？」

「あ、はい」

突然目の前にカップが差し出されたので、反射的に受け取る。

「砂糖がいるなら持ってくるが」

「いえ、このままで」

是永さんは俺の隣に座ると、一口だけ飲んでテーブルにカップを置いた。

「ホテルみたいに綺麗な部屋ですね」

と言うと、彼は笑った。

「ホテルみたいに寒々しいだろう。ついこの間まで地方に長い出張をしてたし、元々ここへは寝に帰るぐらいだからな」

「こんなに立派な家なのに？」

もったいない。

「設計士のアイデア通りに造っただけさ。どんな家でもよかった」

金持ちってそういうものだろうか？

「それで、話って何ですか？」

ああ、と思い出したように彼はまた俺を見た。

「お前、年は幾《いく》つだ？」

「二十歳です」

「二十歳か……。遊びたい盛りだな」

「そうでもないです」

「俺が二十歳の頃はそうだった。ちなみに、俺は見てわかる通り大金持ちだ」

「……は？」

突然、何を言い出すんだ、この人は。

「だから、俺に気に入られといた方がいいぞ」

「……お隣さんで、おばあちゃんが簡単に家に入れる人だからというなら、気に入られるように努力します」

「金に魅力を感じないのか？」

「日本の人はお金が好きなんですか？　でも俺は生きていくのに十分なだけがあればいいと思ってます。それに……」

「それに？」

「あなたがお金持ちでも、俺には関係ない」

気分を害する返答だったかな、と思ったけれど、是永さんは声を上げて笑った。

「そりゃそうだ」

「俺、笑われるようなおかしなこと言いました？」

「いや、『喜ばせるようないいこと』を言った。他人の金に興味がないのはいいことだ。注意を向けておくのは大切だがな」

「注意を向ける？」

「例えば、カチコさんに借金があって、ある日突然貧乏になるかもしれない。借金なんてのは人に黙ってるものだから。そうなったら、あの家を売って、小さい妹とカチコさんを連れて路頭に迷うことになるぞ」

「そうしたら俺が働きます。俺はまだ若いので」

「即答だな」

「おばあちゃんは俺を歓迎してくれました。何か彼女に不幸があるなら、手を貸すのは当然です。家族って、そういうものなんでしょう？」

「そういう人間ばかりじゃないさ」

何か含みのある言い方だ。

でもそれでわかった。

「ああ、あなたはそういうことを目にしたことがあるんですね。だからおばあちゃんが心配なんだ。突然現れた孫が彼女を不幸にしないかって」

図星だったのだろう。

是永さんは一瞬表情を無くした。

だが次の瞬間にはまた笑顔を浮かべ、俺の言葉を肯定した。

「そうだ。カチコさんには幸せになって欲しいからな。だが杞憂《きゆう》だったかもな」

「キユウ？」

「考え過ぎって意味だ」

「是永さんは本当におばあちゃんを愛してるんですか？　随分と年が離れてると思うんですが。セックスの対象として彼女を見てるんですか？」

「……可愛い顔してサラリとおっかないこと言うな。俺が……」

何かを言いかけて、彼は真顔になって俺を見た。

「率直に訊く。お前は何者だ？」

「え？」

「カチコさんの息子がアメリカに渡ったのは十五年くらい前だ。結婚したのは十年前。お前は二十歳だと言ったな。どう考えても勘定が合わない。だがカチコさんはお前を孫だと言い切った。彼女が断言したからには事情を問いかけても教えてはくれないだろう。だからお前に訊く、お前は誰だ。そして何故孫だと名乗っている」

問い詰める言葉。

そうか、彼はずっと俺を疑っていたのか。

だから毎日のように顔を出していたのか。

でも、この質問はいつか誰かが言うかもしれないと想定はしていたので、俺もコーヒーで喉《のど》を湿らせると事実を口にした。

「養子です。宇垣の両親に一年前に引き取られました」

「養子？　実の娘とこんなに年の離れた？」

「日本では養子は難しいそうですが、アメリカでは比較的多いことなんです。宇垣の両親はグリーンカードを取得していました。宇垣の母が日系アメリカ人でしたから、市民権も取れたかもしれません。不自然なことではありませんよ」

いつか誰かに訊かれる、と思っていたのに、おばあちゃんも含めて誰も俺に何も訊かなかった。後ろめたいわけではないけれど、まるで腫《は》れ物のように扱われ、事実を隠しているような気分だった。

なので、是永さんからの質問はありがたかった。

俺はちゃんと言える。隠してなんかいない、と胸を張る思いだった。

「俺の実の両親はあまりよい人達ではなかったので、バイトをしていたダイナーで知り合った宇垣の父が弁護士を通じてフォスターケアを申請してくれました」

「フォスターケア？」

「里親制度です。養子縁組は本来十歳以下の子供のケースが多いんですが、虐待《ぎゃくたい》などがある場合は避難的なこともあって許可が下り易《やす》いみたいです。それで二年ほど里親として面倒を見てもらって、その間に日本語の勉強もしましたし、日本の習慣も勉強しました。その後、正式に養子として戸籍に入ったんです。俺の本当の名前は宇垣条ではなく、ジョー・津田《つだ》と言います。戸籍に入る時に宇垣の父が『条』という漢字を当ててくれました。大学はもちろん、ハイスクールも行っていません。勉強も、引き取られてから宇垣の両親に教えてもらいました」

是永さんは何も言わず、俺の説明を聞いていた。

質問もない。

「宇垣の両親には感謝しかありません。ですから、二人が亡くなった後、みゆを守ることが二人への恩返しになると思って日本に来ました。もちろん、弁護士からおばあちゃんに話は通っているので、彼女は全て知っています」

「そうか……。そういう事情か。頑張ったな」

是永さんは子供にするように俺の頭を撫でた。

「頑張ったって……」

「学校もロクに行けなかったのに、そこまで日本語を自由に扱えるようになるにはかなりの努力が必要だっただろう。酷《ひど》い親がくっついていても、腐ることなくちゃんとダイナーで働いていたんだろう？　頑張ったじゃないか」

「別に、そんな……」

是永さんが、俺を褒めてくれるなんて思ってもいなかったから、どう答えていいかわからなくて俯《うつむ》いてしまう。

警戒されてるのは感じていた。

だから、ロクな生まれじゃない、おばあちゃんと血も繋《つな》がっていないと知ったら、もっと嫌悪の目で見られるのではないか、出て行けと言われるのじゃないかと思っていた。

でも彼は、頑張ったと認めてくれた。

それだけじゃない、彼はもっと意外なことを口にした。

「俺も似たようなもんだ」

「え？」

顔を上げると、彼は穏やかな目で俺を見つめていた。

「俺の両親はネグレクトでな。自分達の仕事が楽しくて、子供の面倒なんか見なかった。俺が小学校に上がると、金だけ置いて毎日仕事三昧《ざんまい》。その時、家に一人でいる俺を見かねて世話を焼いてくれたのがカチコさんだ」

彼の話によると、おばあちゃんは世話を焼くだけでなく、是永さんの両親に説教までしたらしい。

息子はしっかりしているから、と言い逃れる両親に『ふざけんじゃないよ』と啖呵《たんか》を切ったそうだ。

「叱られて、腹が立ったんだろうな。俺の両親は、それならあなたが面倒見てくれと、俺が中学に上がると俺を置いて出て行った。仕事でフランスへ渡ったんだ」

「子供の是永さんを一人置いて？」

「ああ。だから、俺はカチコさんに育てられたようなもんだ」

「親代わり、ですか？　でも……、プロポーズしてるんですよね？」

「してる」

「本当に結婚するつもりで？」

「ああ。それしか方法がないからな」

「方法？」

「お前は恋愛対象かと訊いたが、そういうのとは違う。俺は、彼女の家族になりたいんだ。お前が言ったように、日本は養子制度のハードルが高い。血縁でもなく独身で老齢の彼女は俺を養子にはできないだろう。だからその方法が結婚しかなかった」

「家族……」

愛しているからではなく、家族になるためのプロポーズ？

「どうして家族になりたいんです？　隣に住んでいるなら結婚しなくても。今だって毎日来てるじゃないですか」

「隣人じゃ立ち入れないところがあるからだ。救急車に同乗できない、危篤になった時に病室に入ることもできない。隣人はどんなに親しくしても『他人』だ。だが家族ならその全てができる。彼女が動けなくなった時に介護もしてやれる。独身の俺と独身のカチコさんが家族になるには結婚が一番スムースだろう？」

わからないではないが、強引なアイデアでは？

「他に結婚したい女性はいないんですか？」

「いない。母親が酷かったせいか、女性に興味がない。理想の女性はカチコさんだ。もし彼女があと三十若かったら、本気で愛したかもな」

そう言って笑うということは、やはり恋愛の愛情ではないのか。

「いつから考えてたんです？」

「たった一人の息子はアメリカに永住するつもりだと聞いてからだ。前に戻ってきた時は、会えなかったがカチコさんからあっちでの永住権を取ったと聞いた。彼女は何も言わなかったが、それはもしもの時に寄り添ってくれる家族がいなくなるということだ。だから結婚しようと言ったんだが……」

「断られた？」

「まあそうなるだろうと思ってたさ」

彼はソファの背もたれに、伸びをするようにして寄りかかった。

「だがいつまでかかっても、元気なうちに結婚したい。……と思ってたんだが、今はお前がいるからな。本当の孫が」

「……養子ですよ」

「だがちゃんと戸籍に入ってる。彼女は一人にはならない。条が彼女を大切にしたいと思ってくれるなら、本当の孫でいいだろう？」

でも自分は他人のままだ、と言いたげな顔。

彼が言った通り、俺と是永さんは似ているのかも。

実の親に恵まれなかった、でも助けてくれる人がいた。その人のためにしてあげられることは何でもしてあげたい。

そんなところが。

でも、彼は親に暴力を振るわれたこともないだろうし、どう見ても高学歴で高収入。教養も生活も全く違う。

なのに、真面目な顔で言うのだ。

「条が羨《うらや》ましい」

「俺が？　どうして？」

「カチコさんの家族だから。俺が欲しくて手に入らないものを持ってる。俺が入れない場所に入れる許可証をな」

それがあんまりにも真剣だったので、彼の両親がたとえ暴力を振るっていなかったとしても、彼の子供時代は当時の彼にとってとても辛い時代だったと想像した。

人の不幸は本人にしかわからない。

俺の方が不幸、なんて言わない。痛みの感じ方は人それぞれなのだから。俺は自分の過去を、『もう』辛かったとは思っていない。彼のように傷を残してはいない。

「もし是永さんの望むことがおばあちゃんとの夫婦生活でないなら、孫である俺が許可すれば是永さんも俺と同じところに入れるんじゃないんですか？」

「お前が？」

「是永さんは俺より大人だし、俺は日本のことをまだよく知らない。だから頼りにしてる人なんですっていえば、家族と同じ扱いをしてくれるんじゃないでしょうか」

「本当に？　本当にそう言ってくれるのか？」

是永さんは興奮したように俺の両腕を掴んだ。

「ええ。本当に頼りにしたいですし」

「頼りたいことがあるのか？」

「はい」

「カチコさんには言えないような金が欲しい、とか？」

心配そうな顔をされたので、笑ってしまった。

「いえ、おばあちゃんには言いました。お金を稼ぎたいって。でも、そんなこと考える必要ないと突っぱねられました」

俺の言ったことはそんなに不思議だったのだろうか。是永さんは意外、という顔をした。

いや、何だろうという興味の顔か？

「何に使う金だ」

「使う？　生活かな」

「生活費が貰《もら》えていないのか」

「いいえ。月々お小遣いはいただくことになっています。でもそれが心苦しくて。宇垣のお金はおばあちゃんとみゆのものですから。俺は自分の使うお金を稼ぎたいんです。でもおばあちゃんは、まだ早いからよく考えてからにしろって。是永さんは大人なので、俺に何の仕事ができるか相談に乗って欲しくて」

「頼りたいこと、というのはそれか？」

「はい。俺、他に相談できるような知り合いもいないので」

日本人の笑いのツボはよくわからない。

今まで警戒するように話を聞いていたのに、突然彼は笑い出した。

「俺が働くのはおかしいことですか？」

ちょっとムッとして訊くと、彼はヒラヒラと手を振って否定した。

「違う、違う。頼るなんて言うから、てっきり金の無心だと思ったのさ。俺の望むものを与えるから、金を寄越せと言われるんだと思った」

なるほど、笑ったのは見当違いのことを考えていた自分の思考に対してか。

「さっき言ったように、俺は他人の金に興味はありません。所詮他人のものですし、せびって手に入れた金は悪い紐《ひも》がついてることが多いですから」

「悪い紐？」

「引っ張ると『あの時金をやっただろう。だから言うことを聞け』って言葉が付いてくるヤツです」

「なるほど」

彼はちょっと顎《あご》を突き出すようにして、俺を眺めた。これは品定めの視線かな。

「俺は条のことを見誤っていたようだ」

「……どんなふうに見てたんです？」

「正直に言おう。養子であることは想像がついたが、どうやって入り込んだかわからなかった。なので、子供と老人を騙《だま》して金を持ち逃げしようと考えてるんじゃないかと疑っていた。しおらしく見えても、それは芝居かもしれないと」

「だから毎日のように来てたんですね？」

「それはいつものことだ。ただカチコさんの人を見る目は信じていたから、いつかちゃんと話を聞こうとは思っていた」

「それで、今の評価は？」

彼は一拍おいてから、にやりと笑った。

「したたかなところはあるが、恩を仇《あだ》で返すようなことはしない。自立心のある男、かな」

よかった。

あの家に住む及第点は貰えたようだ。

「で、仕事がしたいって言ったが、何か資格は持ってるのか？　それともやりたいことがあるとか？」

おばあちゃんと同じような質問だ。

今の自分に何ができるのか、どういう仕事につきたいか、考えているのかということを一番に訊いてくる。

そのヴィジョンがないから、強く打ち出せないのに。

「どうした？　言うだけはタダだ。言ってみろ」

「何ができるかわからないんです……。資格はありません。さっき言ったように学校にも通っていなかったので。体力も人並みです。一番の強みは英語が喋れることですが、俺のはスラングが酷くて。一応、宇垣の父に言われて直しはしたんですが……」

やっぱり考えが甘いって思われるかな。

「仕事の種類はどんなものでもいいですけど、おばあちゃんとみゆに知られて恥ずかしくないものがいいです」

子供の頃にさせられていたような仕事は、もう日本ではしたくない。

「料理はできたな」

「でも仕事にするのはライセンスがいるんでしょう？」

「調理師免許だな。そのための学校へ行くか？」

「お金、使いたくないんです」

「アメリカでの飛行機事故なら、飛行機会社からたんまり金が出ただろう」

それはそうだ。訴訟社会のアメリカでは、事故の時の補償金が半端じゃない。向こうでの家も売ってるから、結構な額になったはずだ。管理はカトウさんに任せたから正確な額は知らないけれど。

「それはみゆのものです。日本は物価が高いので、彼女が成長するまで幾らかかるかわかりませんからとっておきたいんです。それに、おばあちゃんの病院のお金とか」

「日本は保険制度があるからアメリカほど金はかからないが、まああった方がいいな。だがカチコさんは『まだ』働かなくてもいい、と言った？」

「はい」

是永さんは暫く考え込むように黙ってしまった。

調子に乗ったかな。そこまで面倒は見られないと言われるだろうか？　おばあちゃんがまだいいと言うならそうしろ、と言われるだろうか？

だが彼は答えを出してくれた。それも想像していなかった方向の。

「じゃ、俺のところでバイトするか？」

「是永さんのところ？」

「ああ。と言っても会社の方じゃなく、この家で、だ」

「それはどういう……」

「うちの会社で雇ってもいいが、今の条に出来る仕事はない」

彼はきっぱりと言い切った。

「うちのって……」

「知らなかったのか？　俺は会社の社長だ」

「え？」

知らなかった。

ただのお隣の人、としか紹介されなかったから。

「ネット通販の会社だ。まだそう大きくないから趣味もあってバイヤーもやってるがな。うちで雇うとすると、オペレーターか荷詰め作業が一番の単純労働だが、日本語の独特の言葉遣いとかまだわからないことが多いみたいだからオペレーターはダメ。荷詰めの作業はデリケートで、アメリカナイズされてるお前を信用できない」

「教えていただければ、頑張って覚えます」

「だろうな。お前は勉強家だろうと思う」

彼がすぐに肯定してくれたので、少しむずむずする。

「だが、条はこれから先ずっと働けるところに勤めたいんじゃないか？　だとしたらそういう単純作業で就労するより、時間をかけてやりたいことを探した方がいい」

「単純と言うのに、俺にはできないと？」

「国民性の問題だ。お前個人の資質じゃない。単純でも立派な仕事だから責任はある。お前、『杞憂』も知らなかっただろう？」

「……はい」

覚えていたのか。

「だからまずこの家で働いてみろ」

「この家で？」

「ちょっと来い」

彼は立ち上がり付いてくるように促した。

後を付いてゆくと、長い廊下の奥の部屋へ案内される。

「これを見てくれ」

と彼が開けた部屋の中には、山ほどの荷物が詰まっていた。

段ボールの箱に入ったものや、剥《む》き出しの荷物がそのままに積まれている。片付ける気など一つもないというのがわかる状態だった。

「これと同じ部屋があと二つある」

「三部屋分も？」

「うちの親が俺を置いてさっさと外国へ行ったという話はしたな」

「フランスへ……」

「そうだ。その時に、いらないものをここへ置いて行った。成人してから、俺は親から金でこの家を買い取った。カチコさんの隣であるここから動きたくなかったが、親の名義ではいつあいつらが売りに出すかわからないから。嫌な記憶しかない家を全部改築して、設計士の言う通りの綺麗な容《い》れ物を造ったんだ」

彼の声には、どこか怒気が含まれていた。

視線も、部屋の中のガラクタに向けられているが、実際はガラクタの向こうにあるものを見つめている気がする。

彼『も』親が好きではないのだ。

「引っ越しも業者に頼んで、中にあったものを取り出して、また詰め込み直しただけだ。処分してもいいんだが、何があるかもわからない。一々《いちいち》調べたくもない。だから放置してる」

「でもそれで三部屋も潰すなんてもったいないんじゃ……」

「俺にはリビングと寝室だけあればいい。とはいえ、いつまでもこのままじゃマズイだろう。そこでこの荷物の整理を頼みたい。ここにあるものなら、多少粗略に扱ってもかまわない」

俺はもう一度ガラクタの山を見た。

山積みの段ボール、布団、紐で縛られた本、中身のない額縁。古いタイプライター？　ワープロ？　ぬいぐるみや日本人形もある。

「俺には何が必要で何が必要でないかがわかりません」

「判断基準は金銭じゃなく、『俺』だ。俺が必要と思いそうなものだけ残せばいい。後は売って金に替えてもいい。売れるようなものがあれば、だが。売れた分はお前にやろう」

扉を閉じて、リビングに戻ろうとそちらを指さす。

「少しでもカチコさんに金を渡したいというなら、この程度で十分だろう。ここで小銭を稼いでいる間に、本当にやりたいことを探せばいい。資格を取るために専門学校へ行く、という手もある。そのための学費稼ぎとしてもいい」

リビングに戻って、さっきと同じ場所に腰を下ろす。

「俺のところで働くのなら、カチコさんにも心配はかけないですむだろう。ここでならパソコンを使っても、彼女に何を見てるか知られない。セクシーな動画も見放題だ」

最後の一言はジョークだろう。笑ってるし。

ハウスキーパーというより、本当に片付けだけの仕事。

やってみないとわからないが、そう長く続けられるものではないだろう。何かを学べる仕事というわけでもない。

けれど、彼の言う通り、ここで働いている間にもっと色々調べて、将来のことを考えるのもいいかもしれない。

あの家にいると、ついついみゆの世話を焼いてしまうので、調べ物をする時間がない。言えば時間は与えられるだろうが、言い出すのも気まずい。

ここに働きに来ている間なら、その気まずさはないだろう。

「パソコンはうちのを使っていい。質問も受け付けてやろう。お前は、カチコさんの孫だから、大サービスだ」

彼の優しさが俺個人に向けたものではなく、おばあちゃんのオマケだとしてもそのサービスを断る理由もない。

それに、やはり何かあった時のために少しでもお金を稼ぎたい。

「どうだ？　やってみるか？」

少し悩みはしたが答えはすぐに出た。

「はい。是非《ぜひ》」

答えると、彼はまた俺の頭を撫でた。

「よし、じゃあ仕事内容と報酬について話をしよう。サボリＯＫだから、給料じゃなくオーダーの代金として一括の支払いだな」

その手は、温かくて、とても優しかった。

陽《ひ》が暮れる前に、俺は是永さんと一緒に家へ戻った。

布団はまだ干してあったけれど、もうそこにはみゆしか寝ていなかった。

おばあちゃんは夕飯の支度を始めていて、是永さんは手伝うとキッチンへ入って行ったが、うざがられて追い出された。

夕暮れの古い家の中。

まるで映画の中に入ったみたいだ。

子供の頃、こういう生活に憧れていた時期もあった。

誰かが自分を必要として、誰かが自分を迎えてくれる。そんな場所があるのではないかと。

宇垣の両親がその夢を現実にしてくれた時、俺は何が何でもこの夢を現実のままにしておこうと努力した。

日本語は、実の両親が時々話すのを聞いて覚えた程度のカタコトだったけど、小さなみゆが一緒だったから、二人で同じように勉強できた。

一昨年、まだ俺が里子でしかなかった時、宇垣の両親は日本へ戻った。

みゆをおばあちゃんに会わせるためだ。

両親は一緒に行こうと行ってくれたけれど、その時はまだ日本語も全然ダメで、あの家を離れたら幸せな夢が消えてしまうのではないかと思って行くのを拒んだ。

待っている。

それが許されるなら、俺のところに誰かが戻ってくるという夢を選びたいと言うと、両親はそれを許してくれた。

幸せになりたい。

幸せになれる。

そう思っていたのに、突然また全てが失われた。

その時、みゆは俺を『お兄ちゃん』と呼んだ。

小さな手で、俺のズボンの裾を握って、怯えていた。

周囲の大人達がザワザワしているのが怖かったのだろう。

それを見た時、この子には自分と同じ目にあわせたくないと思った。

だから、怖かったけれど見知らぬ土地へ移ることを決めたのだ。

みゆにはおばあちゃんがいる。

おばあちゃんは、みゆを愛してくれている。

アメリカにいる頃に時折届くプレゼントや手紙が、それをちゃんと教えてくれていた。

俺だけではダメだったとしても、おばあちゃんという大人なら、みゆを守ってくれるんじゃないか、と。

果たして、おばあちゃんはみゆをちゃんと迎えてくれた。

俺のことも、『孫』だと言ってくれた。

俺が帰れる場所を、俺を待ってくれる人を、また与えてくれた。

「つまみ食いするくらいなら、食器でも出しな」

おばあちゃんが、是永さんを叱る声がする。

今日、話をしてみて、もしかしたら是永さんも同じなのかもしれないと思った。

大人で、会社の社長さんだという彼も、いてもいい場所が欲しかった、待ってくれてる人が欲しかったんじゃないかって。

おばあちゃんの前では、あの人も子供のように甘えているんじゃないだろうか。

だとしたら、俺は是永さんともっと親しくなれるかもしれない。

おばあちゃんを一人にしない手段として、自分が一人にならない手段として、結婚を選んだのならそれもわかる。

おばあちゃんがプロポーズを受けるかどうかは別の話だけど。

「条。そこにいるんなら、そろそろみゆを起こして布団を片付けとくれ」

名前を呼ばれ、役割を与えられる。

俺はそれが嬉しい。

「はい」

まだ、『何か』になれたわけじゃないけれど、『何か』になれそうな気がする。

この家にいれば、おばあちゃんの孫で、みゆのお兄ちゃんで、是永さんの友人になれるのかもしれない。

そんな期待に胸を温かくして、縁側に向かった。

「みゆ」

布団の上で丸まったまま寝息を立てている小さな身体を揺する。

「起きなさい、風邪引くよ」

「ん……」

目を擦《こす》りながら身体を起こすと、みゆは俺に向かって手を伸ばした。

「お兄ちゃん……」

縋《すが》るように、俺のシャツを握る。

「ママは?」

寝ぼけているのか、周囲をキョロキョロと眺める。

「ここどこ……?」

「おばあちゃんの家だよ」

「……そっかぁ」

諦めたような口調が悲しくて、俺はしゃがみ込んで小さな身体を抱きしめた。

「大丈夫、お兄ちゃんがここにいるから」

「お兄ちゃん」

みゆはまだ微睡《まどろ》みの中にいて、状況がよくわからないようだ。俺の腕の中に入って安心したのか、また目を閉じてしまった。

「布団運ぶの手伝おう」

入ってきた是永さんは、そんな俺達を見て『おや』という顔をした。

「なんだ、まだ寝てるのか」

「起こすのが可哀想《かわいそう》で」

「起こさないと夜眠れなくなるぞ」

近づいてきた彼は、俺の背後から、俺ごとぎゅっと抱き締めた。

「是永さん？」

「いや、なんか混ざりたくなった」

ああ、やっぱりこの人も一緒なんだな。

人の温もりが恋しい人なんだ。

でも……。

「重いですよ」

「耐えろよ、男の子」

彼はわざと体重をかけ、俺を押し倒そうとした。

誰かに抱き締められるなんて久しぶりで、悪くない気分だったけど、腕の中のみゆが心配で声を上げる。

「是永さん、重い、重い」

「頑張れ」

「子供みたいなことしないでくださいよ。みゆが潰れる」

長い腕が前へ回り、みゆの髪を撫でる。

「やわらかいな」

「何やってんだい！」

その時、おばあちゃんの声が響いて、是永さんはパンッと頭を叩かれた。

「痛いよカチコさん」

「せっかく膨らませた布団があんたみたいな大男が乗っかったら潰れちゃうだろ。条も、もうみゆを起こしな」

おばあちゃんに怒られ、是永さんは渋々と俺達から離れた。

ホントに子供みたいだ。

「こっちにお渡し」

みゆの身体が、おばあちゃんに引き取られると、腕の中は急に寒くなった。

「カチコさん。さっきの話、進めていいな？」

「ああ。頼んだよ」

起こせと言ったのに、みゆを引き取ったおばあちゃんもみゆを起こすことなく抱いたまま去ってゆく。

「さっきの話って？」

「保育園。いや、幼稚園か。途中入園になるが、どっかに入れないと」

「保育園？」

「小さい子供を預ける学校みたいなもんだ。一日中あの娘にかかりっきりだとカチコさんも大変だし、あの娘にも同じ年ぐらいの友達がいた方がいいからな」

「友達……」

いいな。みゆはそれを手に入れられるのか。

学校というものから縁遠くなった俺は、作るのが大変そうだ。

わずかな寂しさを覚えてふっと横を見ると、是永さんがじっと俺を見つめていた。

目が合うと、慌てたように笑う。

「……是永さんは、俺の友達になってくれますか？」

思わず訊いてみると、立ち上がろうとしていた彼は振り向いてもう一度俺を抱き締めた。

「友達になってくれるか、なんて可愛いこと言うな。年が離れてるからお友達は恥ずかしいが、俺とお前は同志だ」

「同志？　あ、意味はわかります。コムレードとかメンバーとかってことでしょう？　でも何の同志なんです？」

「カチコさんの幸せを守る会だ。ついでにみゆちゃんも加えておこう」

「それ……、いいですね」

二人の幸せを守る。

俺は思わず彼を振り返って微笑んだ。

「俺達、ガーディアンエンジェルってことでりね」

「守護天使か。うん、そんな感じだな」

「でもそれって何をすればいいんでしょう？」

「そうだな……」

彼が考えてる時、またおばあちゃんのお叱りが聞こえた。

「布団は運んだのかい！」

それを聞いて、彼は肩を竦めた。

「まずは、この布団を畳んで運ぶところからだな」

それには俺も賛同した。

「ですね」

視線を合わせて、二人でクスッと笑い合い、立ち上がる。

「じゃ、また怒られないうちに済ませてしまいましょう」

「ああ」

是永さんの接し方は、他の人とは違う。気遣ったり、心配したり、同情したりするわけではなく、同じ目線で接してくれる。

対等という感じが、何だか本当に家族になったみたいで、嬉しかった。

自分の思い込みだとしても。


夕食時、是永さんはおばあちゃんに俺を雇いたいと話をしてくれた。

「条に家の掃除を頼みたい。バイトしたいって言ってるみたいだから丁度いいだろう。俺の家なら何かあってもすぐに戻ってこられるし」

おばあちゃんは何かを察したように俺を見て、小さくため息をついた。

「まあいいだろう。条、湊の話し相手にでもなっておやり」

おばあちゃんは何でもお見通しだな。俺が是永さんに頼み込んで仕事をもらったとわかっているみたいだ。

でも認めてはくれた。

というわけで、俺は翌日から是永さんの家に通うことになった。

朝食の洗い物まで終えてから、おばあちゃんに一声かけてから是永さんの家へ。

こちらの家にはインターフォンがあり、ボタンを押すと彼の声で「カギは開いてる。入ってこい」と言われ玄関のドアを開ける。

家の中にはコーヒーの香りが漂っていた。

「おはようございます」

ショールームのように美しいリビングで、彼はコーヒーを飲んでいた。

既にスーツに着替えていて、相変わらずムービースターのように格好いい。この部屋に生活感がないから、余計にそう思うのだろう。

宣伝用の写真のようだ、と。

「朝食、終わったんですか？」

「朝は食わない」

「健康によくないのでは？」

「作ってくれるか？」

からかうみたいに笑って言うから、すぐに返事をした。

「いいですよ。材料があるなら」

一瞬嬉しそうにしたが、すぐに落胆した。

「何もない」

「何も？」

「ビールとチーズぐらいだ」

独身男性にありがちな返事だ。

「うちに食べに来たらいいんじゃないですか？」

「それは出来ない。朝から他人の家を訪ねるのは失礼だ」

日本ではそういうものなのか？　夕飯は食べに来るのに。

「じゃ、パンと卵とバターがあれば、トーストと目玉焼きが作れるので、買っておいてくれるなら」

「もうちょっといいものが食いたい」

「朝食作りも仕事に入れるのなら作りますけど」

是永さんは少し考えるように黙り、首を振った。

「いや、いい。今日はお前が来るからこの時間までいたが、いつもいるとは限らない。決め事にすると守らなければならなくなるから負担になるだろう。でも、材料がある時には頼むかもな」

そのセリフ一つで、彼が約束は守るタイプなのだとわかった。誠実な人だ。

「コーヒー飲むか？」

「はい」

今日は遠慮せずお願いする。

「ブラックだったな」

すぐに彼はコーヒーを入れて戻ってきた。

大画面のテレビを見るように置かれたソファに、並んで座ってコーヒーを飲む。

「この家で誰かとコーヒーを飲むなんて考えてもいなかったな」

ポツリと彼が呟いた。

「彼女とか……、友人とかは呼ばないんですか？」

女性はあまり好きではないと言っていたのを思い出し、『友人』と置き換える。

「建て替える前は来た者もいたが、建て替えてからはいないな。デリバリーの人間ぐらいだ」

これもジョークなのかな、笑って言ってるけれど。

「ここは俺にとって人を招きたい場所じゃないのさ。ただの寝床だから」

「寝床は誰にも侵入されないのがいいことです。ゆっくり寝られるように」

「『されない方が』だな。今の言い方だと」

注意されてしまった。日本語がおかしかったか。

「今日は初めてだからお前が来るまで待ってたが、明日からは俺がいるとは限らない。なので、これは合鍵だ。一応インターフォンを押して返事がなかったら使え」

「俺に合鍵を渡すんですか？」

あまりの無防備さに驚いてしまう。だって、俺達はまだ出会ったばかりなのに。

「お前はカチコさんの孫だ。変なことをすれば彼女に報告する。そうはされたくないだろうから、悪いことはしないと判断した」

「脅す条件があるから安心できるわけだ」

「そういうことだ」

彼はにやっと笑った。

根拠のない信頼は重荷だが、計算された信頼なら安心できる。

彼は社長だと言っていたし、ビジネスライクな考え方ができる人なのだろう。そういう人の方が楽でいい。

見返りを求めない善意は怖いから。

「仕事は昨日説明した通りだ。俺は何時戻るかわからないから、帰るのは待たなくていい。お前の勤務時間はカチコさんの世話を優先して決めろ。今月中に一部屋片付けられればよしとする。それと、型は古いがパソコンも繋いでおいた。好きに使え。こっちだ」

まだコーヒーを飲んでいたのだけれど、彼が立ち上がるから付いてゆく。

是永さんはワンマンな人なんだな。

一階の小さな部屋は雑誌が山積みで、今にも崩れそうだった。その中に小さなテーブルがあって、パソコンが置かれている。

「ここをお前の部屋にしていい。荷物置きだな」

「ここは片付けなくてもいいんですか？」

「片付けるのはいいが、何も捨てないでくれ。これは資料だから」

「資料……ですか」

俺はもう一度山積みの雑誌を見た。

書籍なら資料というのもわかるけれど、雑誌が資料というのはよくわからないな。でも、クライアントが『資料だ』と言うならそう受け止めるしかない。

「整理はされてるんですか？」

「いや、特には」

「資料なんですよね？　置かれてる順番とかはあるんじゃないんですか？」

「ない。色々興味のある商品が出てる雑誌を取ってあるだけだ。頭の中にファイルして、売れる時期が来たと思ったら引っ繰り返して連絡先を調べたり、仕様を確認している」

「……この有り様じゃその作業は面倒そうですね」

視線を向けると、彼は素直に認めた。

「まあな。だがここは後でいい。とにかく奥の部屋を頼む」

「わかりました。優先順位はそちらで。でも、自分が使わせてもらうなら、少しは片付けさせせてもらいます」

「うむ」

戻ろうと手で合図され、再びリビングへ戻る。

コーヒーはもう冷めていたが、彼は残りを飲み干した。

「俺はもう一杯飲むが、温かいのを淹《い》れ直すか？」

「いえ、このままでいいです」

日本人は同調性が強いと聞いていたので、ここで『お願いします』と言うべきだったかと思ったが、彼は気にせず自分の分だけを淹れて戻ってきた。

この人には気を遣わなくてもいいようだ。

「何か訊いておきたいことはあるか？」

「特には。あ、でも片付けをして不要と思ったものは捨てる前に確認してください」

「わかった。善処する」

「ゼンショって何です？」

「考えとくってことだ」

難しい日本語なのか、普段から使うものなのか。でも一応覚えておこう。

「片付けに必要なものがあったら買っていい。これは必要経費として渡しておく。レシートを取っておいてくれ」

彼は財布から一万円札を出して渡した。

「じゃ、そろそろ俺は行くから、後は頼んだ。カップは俺のも洗っといてくれるか？」

「いいですよ」

「じゃ頼む」

是永さんは時計を確認し、立ち上がった。

「いってらっしゃい」

出掛ける人にはそう言うものだ、と父親に教えられていたから言ったのだが、何故か彼は驚いた顔をした。

「……何か照れるな」

と言って。

「言わない方がよかったですか？」

「いや、慣れてないだけだ。条に言われるのは悪くない気分だ。行ってくる」

まだ何だか照れてるような顔をして手を振ると、彼はそのまま出て行った。

玄関の閉まる音が遠く聞こえて、一人になる。

他人の家に一人きりでいる、というのは奇妙な気分だ。

「まずカップを洗うか」

俺は自分のと彼のカップを持ってキッチンへ向かった。

中身がまだ少し残っているコーヒーメーカーが置かれている。電源は切ってあるようだが、これも洗っておいた方がいいだろう。

それが終わってから奥の部屋へ向かう。

ゴチャゴチャとした荷物の山。

近くにあった段ボールの箱を開けてみると、中には子供服が入っていた。が、手を入れて何枚か取り出すと、女性もののワンピースも入っている。

「取り敢《あ》えず洋服だけ突っ込んだってことか」

別の箱を開けると、音楽ＣＤとＤＶＤとビデオテープが入っていた。

ジャンル的には分別されてるってところかな。

まずはもう少し細かい分類をしよう。それから思い入れのありそうなものとそうでないものを分けて……。

大変そうだが、考えようによっては単純作業だ。これで稼げるのだから頑張ろう。

「で、湊の家はどうだったんだい？」

昼食時、家に戻るとおばあちゃんが訊いてきた。

「どうって……。片付けをしただけです。彼自身は留守ですし」

「何を片付けてたのかって訊いたんだよ」

「ああ」

そこで俺は彼から聞いた通りのことを説明した。

両親にいい思い出がないので、両親が家に残していった物を処分したい。いらないものは捨てるか売るかする、と。

「でも何がいるもので何がいらないものかは悩みます。思い出は人によって違うから」

「そうだねぇ」

「だから仕分けした後確認してもらうことにしました」

「それも嫌がるんじゃないかい？」

「そうなんですか？」

「あんたは実の親の遺品とかどうしたんだい？」

「何もありません」

「ない？」

意外、という顔をされてしまったので苦笑した。

「家には残すようなものが何もなかったので」

何か言われるかな、と思ったが彼女は「そうかい」と言っただけだった。

「私は女だからね、年寄りだし。あんたの疑問や悩みに何でも答えられるわけじゃない。湊はあれで面倒見のいい子だから頼るといいよ」

『子』か。男としては見られてないんだな。

家族になりたいのなら男として見られなくてもいいのかもしれないけど。

「みゆ、保育園に入れるんですか？」

「一日中あんなエネルギーの塊の世話をしてたら疲れちゃうよ。この歳になってからもう一度子供の世話をするなんてねぇ」

「迷惑でしたか？」

俺の言葉に彼女が睨みで返す。

「あんたは気にしいだね」

「気にしい？」

「気にし過ぎるタイプだって言ってんのさ。いや、経験値が少ないってことかね。疲れてるから嫌だってことにはならないもんだよ。疲れるほど楽しいってこともある」

「疲れるほど楽しいこと……。まだ俺にはないです。あ、いえおばあちゃんと一緒かも。みゆの世話を焼くのは疲れるけど楽しいです」

「だろう？」

俺は食事を終えて庭で遊んでるみゆを見た、
何かの本で読んだことがあるけど、大人が小さな子供と同じくらいのエネルギーを使うと疲れて死んじまうらしいよ。それは大袈裟なんだろうけど、まあそれぐらい差があるってことだね」

死ぬ……。

「元気でいてください」

思わぬ単語に不安になる。

「やだね、何真面目な顔して言ってるんだい。私はピンピンしてるよ。それより午後にも行くんだろ。買い物はどうすんだい？」

「一緒に行きます。荷物は重いでしょうし、収納の道具も買いたいので」

「そうかい。じゃ、片付けは頼んだよ」

「はい」

ルーティンはできた。

でもまだ距離感がわからない。

おばあちゃんも是永さんの想像していた日本人とはちょっと違う。宇垣の両親とも違う。この人達はドライで、ストレートだ。

でも、やはりアメリカ人とも違う。

気にしい、と言われたけれど気にしないわけにはいかないだろう。

言われるまで何もしないでいると、わかってたはずなのにどうして言い出さなかった、と言われてしまう。

両親はそういう人ではなかったが、日本人コミュニティにいた人達は時々そういう言い方で俺に注意した。

そこに空のコップがあるんだから、下げた方がいいと思わない？

いやでも、空のコップは下げる、というルールがない以上何か理由があって置かれているのかもしれない。

第一、空のコップは下げた方がいいと思うなら、コップの中身を飲んだ人が下げればいいし、気づいたあなたが下げたらいいのに。

と、思いながら俺は『すみませんでした』と言うしかできなかった。

日本人は『察して』欲しいんだな。言葉を使うのがヘタだから。でもアメリカで生まれ育った俺は察するのがヘタなのだ。

だからこれでいいのかと、いつも気にしてしまう。

そのことをおばあちゃんに言っても、わからないだろうな。

「みゆ、お買い物行くからおいで」

「はーい！」

おばあちゃんに呼ばれ、小さな足を動かして駆けて来る妹を見ていると口元が緩む。

みゆは、愛されることしか知らない。両親からも、周囲の大人達からも愛されてきた。おばあちゃんもみゆを愛しているだろう。俺もみゆは大好きだ。

俺のことを『お兄ちゃん』と呼んでくれる小さな命。

何の計算もない。裏もない。ただ好意だけを寄せてくれる。出会った時からそうだった。この子が笑うと自分も嬉しくなる。

難しかった日本語の習得を寝ないで頑張ったのは、みゆのお兄ちゃんでいたかったからだ。お兄ちゃんなら、みゆの出来ることを出来ないとは言えないから。

「お兄ちゃん」

縁側から上がり、俺に向かって差し出した手をを見て、俺はみゆを抱き上げた。

「ああ、もう。手が泥だらけじゃないか。なに触ったの」

「おだんご」

いつもと違って小脇に抱え上げられたのが楽しいのか、キャッキャキャッと笑う。

「泥は汚いんだから、ちゃんと洗わないとダメだよ」

「お兄ちゃんもあらう?」

「はい、はい」

「何やってんだい。出掛けるって言ったろう?」

支度を済ませて戻ったおばあちゃんは、みゆが大喜びをしてるのを見て、遊んでると思ったようだ。

「あらうのー」

けれど突き出して見せたみゆの手を見て、「洗っといで」と顎で示された。だが怒ったりはしなかった。

「セッケンしゃぶしゃぶ、いいにおい」

謎の歌を歌うみゆを洗面所に連れて行って手を洗い、すぐにおばあちゃんのところへ連れて行った。

「外で遊んだら、必ず手を洗うんだよ」

「はーい」

「条は、一々みゆを抱っこしない。抱き癖がつくだろ」

「でもあの手で障子《しょうじ》とか触られたら……」

「……まあそうだね。じゃ、行くよ」

「おばあちゃんお手て。お兄ちゃんも」

繋げと差し出される小さな手を取る。

こんな幸せが自分にやって来るなんて、想像もしなかった。

これで宇垣の両親が生きていれば……。

考えても仕方のないことだけれど、やはりそのことだけが心残りだった。

家族、というものはどういうものなのだろう。

小さい頃は、親がいて、子供がいて、一緒に暮らしているものを家族と呼ぶのだと思っていた。けれど長じるに従って『家族』という言葉はアイコンでしかないと気づいた。

血の繋がりがあるから、家族という名でひとくくりにされるだけのこと。

その言葉に意味などない、と。

けれど宇垣の家に引き取られて、宇垣の両親に『これからは私達は家族だ』という言葉をもらってから、考えが変わった。

彼等とは血の繋がりなどない。

なのに何故彼等は自分達は家族などと言うのか。

優しい人達だった。

俺を、みゆと区別することなく接してくれた。

新しい家族ができたというより、優しい人達にいい居場所を与えられたのだと思った。それを彼等が『家族』と呼ぶのなら、それでいいし。

けれど、自分の両親が別にいたということは消えることはない。あのろくでもない人達も、また俺の家族だったのだ。

カテゴリー。

俺という人間を内包するカテゴリー、それを家族と呼ぶのだろう。

子供の頃は実の親の『家族』というカテゴリーに、引き取られてからは宇垣の家族というカテゴリーに。

日本に来てからは、おばあちゃんの家族というカテゴリーかな？

仕事で会社に勤めればそれぞれの会社に所属するように、コミュニティに所属するようなもの。それがいい会社か悪い会社かというように、いい家族か悪い家族かがあるだけだ。

是永さんは、いい家族に所属していなかったと思っている。

だから、おばあちゃんの家族になりたいと思っている。

でも、荷物を片付け始めてから、彼の家族は本当に悪い家族だったのだろうか、と考えてしまった。

彼は、両親がネグレクトだったと言った。

育児放棄、だ。

俺の知ってるネグレクトは、食事も作らず風呂にも入れず、汚れた部屋に放置する、というものだ。

だが三つの部屋に詰まった荷物は、俺にとっては『幸福な家族』の思い出にしか見えなかった。

高級ブランドの子供服。父親とそろいのものもあった。玩具《おもちゃ》もゲーム機も沢山《たくさん》あった。

揃いの食器、名前の刺繍《ししゅう》されたタオル、バイオリン。

是永さんはバイオリンが弾けるのだろうか？　それとも両親のどちらかが？

写真も山ほどあった。

小学校に入学した時のもの、中学に入学した時のものは、綺麗に着飾った母親と並んで写されていたし、何かの集合写真もある。

父親らしい人物も交えて三人で写っているものもあった。

国内旅行や海外旅行に行った時のものも。

俺からすれば、十分可愛がられて育ったような気がするんだけれどな。

でも、人は何を辛いと思うかは別なので、そのことを彼自身に尋ねることはしなかった。

最初の週末、彼に片付けた部分の荷物の取捨選択を確認してもらったところ、殆どは捨てていいと言われた。

「今更《いまさら》使わない物ばかりだからな」

夕飯をうちで食べた後、一緒に向かった是永さんの家。

片付けられた最初の部屋を見て、彼は褒めてくれた。

だが表情は硬い。

「でも、食器とかは箱に入ったままで、使われた様子もありませんけど？」

「結婚式の引き出物だろう。アメリカにはそういう習慣はないのか？　来客に土産を渡すっていう」

「結婚式に呼ばれたことがないのでわかりません」

「ああ、まだ二十歳だっけ」

若いから、が理由ではないのだが、俺は黙っていた。

「写真はアルバムに貼ってないものは一まとめにして……」

「写真は全部まとめてくれ、親に送る」

「全部、ですか？」

「そうだ。一枚残らずだ。あ、俺とカチコさんが一緒に写ってるやつがあったら残しておいてくれ」

「親御さんとは？」

「いらない」

冷たい言い方。

「いらない？」

やはり彼は親が嫌いなのだな。

「写真というのは、思い出を残すためのものだ。それを見て過去を思い出したいという時に使うツールだ。その過去を思い出さなくてもいいと思うのなら、必要ないものなのさ」

「思い出したくないんですか？」

幸福そうな写真もあったのに。

「『出したくない』じゃない、『出さなくていい』だ。だがあっちは色々と取材なんかで使うかもしれないから、送って自分達で管理させる」

「取材？」

「言ってなかったか？　親父は結構有名なアーティストなのさ」

「バイオリンをやってるんですか？」

「バイオリン？」

「あそこにケースが」

片付けた部屋の隅を示すと、彼は笑った。

「あれは俺のだ。ガキの頃に少しやらされて、才能がないから止めた」

「弾けるんですか？」

「今言っただろう、才能ないって。止めたのは七歳だから全然弾けないよ。ああ、みゆちゃんの玩具に持ってってもいいぞ」

「そんな、高そうなのに」

「子供用のだから高いとは思わないが、カチコさんがうるさいって言いそうかな。まあ売っていい部類だ」

部屋の中にある物で、彼が捨てなくていいと判断したものは僅《わず》かだった。

親に送るという写真。これはこの家から出すので、彼にとっては捨てると同じ意味かもしれないが。

使ってないタオル。これは使うので箱は捨てろと言われた。名前が刺繍された高そうな方のタオルは名前を切り刻んでから捨てろとのことだった。

ゲーム機とソフト。これは友人にマニアがいるのであげるそうだ。だがこれもまたこの家からはなくなるもの。

他のものは全て捨てるか売るかしていいと言われた。

バイオリンも、ブランドものの衣類も、本も、クッションやカトラリーや食器も。

「新品でこの家で使えそうな消耗品は残していい。他は廃棄だな」

と言うのが、彼の最終的な決断だった。

他人の家庭に踏み込むのは失礼だと思うが、ここまで彼が家族を嫌うのはどうしてなのか気になった。

家族は嫌いなのにカチコさんとは家族になりたいのも。

一通りの話が終わった後、いつものようにリビングでコーヒーをもらった時、つい俺は好奇心からそのことを口にしてしまった。

「是永さんは、ご両親が嫌いなんですか？」

口にしてから失敗したと思った。嫌な話をするな、と怒られるだろうと。

けれど彼は変わらぬ表情で「別に」と答えた。

「嫌いじゃない。好きでもない。どうでもいいってとこだな」

「どうでもいい？」

是永さんは俺を見て、苦笑した。

「お前は親に虐待されたと言ってたな。だから好きとか嫌いとかいう感情が生まれるんだろう。だが俺の場合は何もされなかったから、何の感情もないんだ」

「でも写真では大切にされてるように見えました」

「あれは自分のアイテムを自慢していただけだ。さすが『お二人の子供』と言われる時だけ、親のフリをする」

「フリ？」

「何かのイベントがあると、着飾って見せびらかす。アクセサリーのようなものだ」

言ってから、彼はまた苦笑した。

「目に見えるものばかりが問題じゃない。目に見えない問題もある。俺はもうとうに、両親は自分の人生にはいらないものだと思ってゴミ箱に入れたんだ。だから今更ゴミ箱から取り出して思い出を探そうとは思わない。だが、産んでくれたことと、生かしておいてくれたことには感謝している」

それから彼は少し遠い目をした。

「辛い目にあった、とは言わない。俺より不幸に人間は多くいるだろう。だが、だからといって俺は何もなかったことにはできない。といっても、それに縛られるのも嫌なので、どうでもいいと思うことにした。俺には必要のないものだったんだってな」

必要のないもの……。

「お前は実の親をまだ愛してるか？」

訊かれて、俺は返事を迷った。

「愛するとかそういうのは……」

と言葉を濁すと、彼は子供にするように俺の頭を撫でた。

「即答できないのなら、気持ちが残っているんだろう。美化して記憶し直すのもいいし、過ぎたこととして思い出にするのもいい。だがこれからは条はカチコさんの孫だ。それだけでいいだろう？」

「新しい家族、ですか？」

「まあそうだな」

「家族って何なんでしょう？」

俺は自分の抱えていた疑問を口にした。

「家族か。俺の考えでは、一緒に暮らしたいと思う人間と暮らすことだな」

「血の繋がりは？」

「血の繋がりが大切だと思って、それで繋がれる人には必要かもしれないが、必要ない人間もいる」

「所属するカテゴリーじゃないんですか？」

「条はそう考えてるのか？　だとしたらそうかもな」

「曖昧《あいまい》ですね」

「人によりけりだからなぁ。正解なんてないのさ。俺の家族は戸籍上は両親だろう。だが俺の気持ちでは一緒に暮らす家族になりたいのはカチコさんだ。条はこれから誰と暮らしたい？　実の両親か？　カチコさん達か？」

「両親はもう亡くなってます」

「生きてたとしたら？」

またあの人達と暮らす？　あり得ない。

「……おばあちゃん達です」

俺が答えると、彼は大きく頷いた。

「ならそれでいいだろう。深く考えるな。俺のことはもういい。済んだことだから。条の中でも答えは出てる」

「答え？」

「お前はカチコさんとみゆちゃんと一緒に暮らしたいってことさ」

「それが家族、だと？」

「お前がそう思うなら」

彼の答えは、俺を納得はさせなかった。

何かもっとハッキリと『これはこうだ』と言って欲しかった。

でもどうしてハッキリして欲しいのかがわからないから、それ以上を口にすることはできなかった。

わかったのは、是永さんは両親のことを忘れたいと思っているけれど、憎んではいないということだけだった。

親に対する感情はサブライム《昇華》してるのだ。

俺は、どうだろう？　彼のように分析して答えを出しているだろうか？　違うな。俺の場合は忘れたいと思ってるだけだ。

この人は、俺なんかよりずっと精神の強い人なのだ。

「残りの二部屋もこの調子で頼むな」

彼はにこやかに笑って、もう一度俺の頭を撫でた。

それは、この会話が終わりだという合図だった。

物事を、あまり深く考えないようにしていた。

疑問が浮かんでも、答えを追求しないようにしていた。

それが一番楽に生きる方法だから。

宇垣の家に引き取られた時も、これは幸運なことだとは思ったけれど、だからどうしようという考えはなかった。

与えられた居心地のいい場所に対して感謝はしていたから、恩返しをしなくてはとは思ったけれど。

感謝したから、いい子でいようと思った。

分け隔てなく優しさを与えてくれたから、両親には誠意を尽くそうと思った。

事故が起こって二人が亡くなった時は、自分の次の役割を探し、彼等の代わりにみゆを見守るべきだと思った。

おばあちゃんの家に来ることになった時は、みゆが大切に扱われるように、またいい子でいようと思った。

是永さんがおばあちゃんと親しい人ならば、彼とも親しくなろうと思った。

俺が『思う』ことは、いつも何かが起こってからだ。

自分で何かを起こすことはなかった。というか、考えられなかった。

でもそれが悪いことだとは思わない。

だって、日々は平穏に過ぎてゆく。考えて行動を起こす必要などない。

変化はあった。

まず是永さんが探してきてくれた保育園にみゆが入った。

今の日本は子供を預かる保育施設が少なくて入園するのに苦労したが、会社の社長である是永さんが口利《き》きをしたお陰なのか何とか入ることができた。

おばあちゃんには内緒だが、彼が保育園に寄付をしたらしい。

お弁当は作らなくてはならなかったが、日中みゆがいなくなったことでおばあちゃんは大分楽になったようだ。

俺は是永さんの家の片付けを着々と進め、夜の空気に寒さを感じる頃には終《つい》に三部屋分の片付けを終えた。

彼がいらないと判断した物を売って、随分なお金を手に入ることができたので、自分のお金でおばあちゃんとみゆにプレゼントを買うことができた。

と言ってもケーキぐらいだけど。

宇垣の家のお金には手をつけたくなかったので、このお金は自分の貯金とすることにした。

是永さんは相変わらず頻繁にやってきて、お婆ちゃんには花を、みゆには服や玩具を買ってきてくれた。

おばあちゃんには以前着物を贈って怒られたらしい。高価な無駄遣いだ、と。

「着物なんてのは自分の趣味で選ぶもんだ。自分の物を選ぶ自由を奪われたくないね」

おばあちゃんはそう言っていた。

だが、みゆの服は、成長が早くて買い替えのスパンが短いから、一応許してくれるようだ。

何より、みゆが是永さんの選んだ服を気に入っていた。

さすが通販会社の社長ってところかな。

彼は、俺にもよく土産を買ってきた。

高価な物は必要ないと断ると、普段使いのシャツやデニムやバッグをくれた。

「扱ってる商品のロスだ。廃棄分ってことだな」

とは言ったけれど、どこまで本当かどうか。

だって彼は時々じっと俺の目を見ているのだ。だから同情されてるのではないかと疑った。

「あの子はね、物を贈ることでしか愛情を示せないんだよ。他のやり方を教えられてこなかったから」

というおばあちゃんの言葉で、あれは親愛の視線らしいとわかったが。

「贈ることで愛情を示せるならそれでいいのでは？」

「それだけじゃないってわかってればね」

「是永さんはわかってると思いますよ」

彼の肩を持つわけではないけれど、おばあちゃんの世話をしたいから結婚すると言う彼は、物品だけで済ませようとしてるわけではないと思うのでそう言った。

「あんたと湊は似てるのかもね」

「俺と是永さんが、ですか？　どこがです？」

「少し欠けてるところだね」

欠けてる……。

そうかも知れない。

俺は家族というものがよくわからない。

是永さんは家族を捨て、新しいものを望んでいる。

どちらも『これがそう』というものを得ていない。

だが似てるのはそこだけだ。俺は彼ほどアクティヴではない。彼のように、欲しいものがあるわけでもない。

もしもここから出て行けと言われたら、きっと出て行くだろう。

そういうものだ、と思って。

是永さんなら……、おばあちゃんに来るなと言われても玄関の前に座りこみそうだな。

朝起きて、決められたことをして、夜寝る。

片付けが終わると、是永さんが新しく書類の打ち込みの仕事をくれたので、昼間は彼の家で、与えられた小部屋で書類の打ち込みをする。

積まれていた雑誌も整理したので、使えるスペースは広くなった。

そこで手書きの文字をパソコンに打ち込んでゆく。

「スキャナーじゃ判別できない悪筆も多いからどうしようかと思ってたんだ」

というそれは、ユーザーからのアンケートらしい。

みゆは、友達を連れてきたり、友達の家に遊びに行ったりするようにもなった。

帰国子女ということで母親達は様子を窺っていたが、純和風のおばあちゃんを見て安心したようだ。

何でもズバズバ言うおばあちゃんに、相談に来る人もいた。

毎日が変わらない。

変わらないことに安心する。

このままずっと、何も起きなくていい。

おばあちゃんは元気で、みゆはスクスク育って、是永さんが外からの風を入れてくれる。

俺はこの生活に満足していた。

「湊、明日の土曜日仕事入ってるかい？」

金曜日の夜。

いつものように是永さんが夕飯を食べに来ると、おばあちゃんが訊いた。

「いや？　仕事はない。何か手伝いごとでも？」

「じゃ、そっちの家に条を泊めてやってくれないか？」

その言葉に、俺が驚いた。そんな話、聞いていなかったので。

「お兄ちゃんいなくなるの？」

誰より先に、みゆが不安の声を上げる。

「一晩だけだよ。明日はおばあちゃんの友達が孫娘を連れてくるんだ。若い娘さんが泊まるからね、男は出てってもらわないと」

「女の子だけ？」

「そうだよ。あれだ、ほら、女子会ってやつだ」

「じょしかい！」

意味がわかっているのかいないのか、みゆは声を上げた。ついでに両手も上げた。

「藤沢《ふじさわ》さんって言ってね、みゆの部屋の支度をしてくれた人だよ。お孫さんは高校生のお姉さんだ」

「お姉ちゃん」

「高校生か、確かに見知らぬ若い男がいるところに泊まるのは嫌がりそうだな。だが、条なら顔もいいし、喜ぶかもしれないぞ」

「女だけの話ってものがあるだろ。男には聞かせられないこともあるのさ」

それが何かは、説明されなかった。

「そういうことなら別にいいぜ。条、朝飯食ったら俺のところへ来い」

「よろしいんですか？　もし他に予定があるならビジネスホテルか何かに……」

「何言ってる。カチコさんが俺に頼んだことだぞ？　引き受けなくてどうする」

なるほど、おばあちゃんへの点数稼ぎか。それなら遠慮しなくてもいいな。いや、この人なら俺が気を遣わなくていいようにそう言ってくれてるのかもしれないけれど。

「わかりました。それじゃお邪魔します。お客さんにご挨拶しなくてもいいんですか？」

「いや、挨拶だけはしとくれ。お前さんの顔が見たいってうるさかったから」

「顔、ですか？」

「イケメンだって言っちゃったからねぇ」

おばあちゃんは笑った。

「駒子《こまこ》は面食いなんだよ」

駒子、というのは藤沢さんのことだろう。

「ナントカっていうアイドルの追っかけを孫と一緒にやってたくらいだし。でも今回は孫に私の着物をあげることになってたね。着替えたり何だりするのにあんたは邪魔なんだよ。まあその他にも色々ね」

「女が秘密だって言ってる時は突っつかない方がいいぞ。ヤブヘビになる」

是永さんが笑って突っ込んだ。

年上の人の忠告は聞いておこう。

「日本に来てから全然遊びにも出てないだろう。湊、明日はその子をどっか遊びに連れてってやんな」

「ああ。条と一緒にいるのは楽しいからな」

「一緒にって、何もしてないじゃないですか」

「お前とコーヒーを飲む時間は楽しいさ。条はいらない遠慮がないし、邪推もないから」

そんな風に思ってくれていたのか。ちょっと嬉しいな。

「じゃ、挨拶終わってからうちに来い」

「はい」

約束だけして、是永さんは帰っていった。

もういっそこの家に住んでしまえばいいのに。

俺より彼の方がこの家の家族のようなものなのだから。

それとも、俺の居場所を奪わないという心遣いだろうか？

わかりにくいけれど、是永さんはいつも俺を気遣ってくれているのを知ってる。それは嫌な気遣いではなかった。

「明日楽しみねぇ」

みゆに声をかけられ、俺は笑って頷いた。

「そうだね。お姉ちゃんと仲良くなれるといいね」

「うん」

明日が楽しみなのは自分も一緒だと気づいて。


翌日やって来た女性は、おばあちゃんと同じく着物だったが、体型は大分違っていた。

おばあちゃんはスレンダーだが、藤沢さんけふっくらとしている。

一緒にいる女の子は俺を見てちょっと警戒したようだが、礼儀正しく頭を下げた。

「初めまして、斎藤《さいとう》美月《みづき》です」

「駒子の孫にしちゃ美人さんじゃないか」

「あら、姉さん、失礼ね。そっちこそ孫はどっちもおとなしそうじゃない。がらっぱちな姉さんの孫にしちゃ」

藤沢さんとおばあちゃんは親しいのだろう、軽口を叩き合いながら笑っている。

……『がらっぱち』って何だろう？

「条、みゆ、挨拶おし」

促されて頭を下げる。

「初めまして、宇垣条です」

「うがきみゆです」

みゆがぺこんと頭を下げると、藤沢さんは少し悲しそうに微笑んだ。

彼女は、みゆの両親が亡くなっていることを知っているはずだ。

「初めまして。会うのを楽しみにしてたのよ。お部屋は気に入ってくれたかしら？　カーテンやベッドカバーはおばあちゃんが選んだのよ」

それを聞くと、みゆはパッと顔を輝かせた。

「好き。ピンク好きなの」

「そう、それはよかったわ」

藤沢さんが満足そうに頷いてからこちらを見る。

「条くんだっけ？　本当にイケメンねぇ。アイドルになれそうだわ」

「ありがとうございます」

俺のことも聞いているだろうに、彼女は何も言わなかった。血は繋がってないのでしょうとか、どういう理由で養子になったのとか。

さすがはおばあちゃんの友人と言ったところか。何もかも知った上で呑み込んでいる。

「玄関先で立ち話も何だから、さっさとお入り」

おばあちゃんに促されて、二人が中に上がる。

俺はキッチンへ用意しておいたお茶とお菓子を取りに向かった。

今日は朝から用意が大変だった。あの美月という娘に貸す着物を何枚も出してきて座敷に広げたから、みゆが興奮してその周囲で踊り、おばあちゃんに怒られていた。

それでも、美しい着物や帯にはご執心で、朝食が終わってからもずっと着物の側に座って謎の歌をうたっていた。

みゆは、嬉しいとすぐに自作の歌をうたう。

「おばあちゃんの着物は地味なのが多くて」

「派手なのはみんな売っちゃったのよ。どうせ着る人もいないだろうと思って」

「短慮《たんりょ》だねぇ。孫ってものができるじゃないか」

「息子しかいないから、もうそこで終わりだと思って。うちは男ばっかり三人だったからお金もかかったしね。美月が産まれるってわかってたらいいのを残しておいたわよ」

女性達はもう既に会話に花を咲かせていた。

「みゆちゃんの七五三の着物は買った？」

「この子はまだ五歳だよ。五歳は男の子の祝いじゃないか。着物を買うのは七つのお祝いの時だね」

「あら、今時は女の子でも五つのお祝いするのよ。貸衣装で写真だけでも撮ってあげたら？」

「私も五つの時に写真撮りました。洋服でしたけど」

「ドレスでしょ。可愛かったわ、貸衣装だけど」

俺は彼女達の邪魔をしないよう、黙ってお茶とお菓子をテーブルの上に並べた。

それから「おばあちゃん」と声をかける。

「そろそろ行ってきます」

「ああ、行っといで」

「あら、条くんはいなくなっちゃうの？」

「男がいたんじゃ美月ちゃんが着替えられないだろ。友達のところへ行くのさ」

友達……。

是永さんのことか。

「残念だわ。もっとゆっくりお話ししたかったのに。夜には戻るんでしょ？」

「今夜は泊まりだよ。今日の主役は美月ちゃんだからね。条、さっさとお行き。駒子は長いから」

「お兄ちゃんバイバイ」

藤沢さんは名残惜しそうだけど、みゆはあっさり俺に手を振り、並べられた着物に集中していた。

俺は軽く会釈し座敷を出ると、そのまま隣家へ向かった。

合鍵はまだ持っているが、インターフォンを鳴らす。

「はい」

すぐに声がするので「条です」と名乗ると「入れ」と迎えられた。

玄関の扉を開け、いつものリビングへ向かう。

是永さんはもいつもの席に座ってコーヒーを飲んでいた。だが服装が、いつもはスーツ姿なのに今日はラフなシャツ一枚なので印象が違う。

随分と若く見えるな。

「お客は来たのか」

「ええ。あの……」

「ん？」

「是永さんって幾つなんですか？」

「お前より一回り上だ」

「一回り？」

俺が訊くと、彼は『ああ』という顔をした。

日本じゃ干支《えと》っていうのがあってな、生まれ年に十二の動物を順番に当てはめていく。その干支が一回りすることを『一回り』と言うのさ。つまり俺は三十二、お前の十二上だ」

「若いんですね」

「……もっと老けてると思ってたのか？」

気分を害したという顔をされたので、慌てて否定した。

「老けてるって言うか、日本では社長さんって年をとった人が多いと聞いていたので」

「今はそうでもないさ。ベンチャー企業なんかじゃ二十代どころか十代で起業というのも珍しくない」

「アメリカと変わらないんですね」

「条だって、頑張って勉強すれば社長になれるかもしれないぞ」

「俺はいいです」

「野心はないのか」

「平穏に生きていられればそれで」

彼はふぅん、という顔をしたが、何も言わなかった。自分の幸せは他人にも幸せだと押し付けるようなことはしない。

「それじゃ、出掛けるか」

「どこへです？」

「食材の買い物だ。家に大した食い物がないからな。今夜泊まりなら夕飯を作らなきゃならないだろ？　何か食いたいものはあるか？」

「それはこっちの質問です。食べたいものがあれば作りますよ」

「肉だな。カチコさんとこじゃ出ないような塊の肉が食いたい。男二人だ、ガッツリステーキなんかどうだ？」

「いいですね」

「ハンバーガーとかも懐かしいんじゃないか？」

「ええ」

おばあちゃんの食生活に合わせて和食が多かったので、ジャンクなものが食べたいと思っていたところだった。

「二十歳なら、酒は飲めるだろう。それとも飲めないか？」

「飲めます」

「OK、じゃ今夜は酒盛りだ。食べたいものを好きなだけ買おう。せっかくうちに泊まるんだから、カチコさんのところじゃできないことをしなけりゃ」

「はい」

今来たばかりだけれど、俺は彼と一緒に買い物へ出た。

駅前のスーパーではない。彼が車を出してくれたので、都心のデパートだ。デパートなんて、初めて来た。

アメリカでは近所のスーパーか、行ってショッピングセンターだった。作り立ての料理を売ってるのも珍しい。アメリカで売られてるのは冷凍食品が多いので。

宇垣の両親もおばあちゃんも、真面目で堅実だったが、是永さんは違った。

面白そうとか、食べたことがないからという理由だけでどんどん買ってゆく。買い物自体を遊びのように楽しんでいた。

おばあちゃんとの生活が窮屈《きゅうくつ》だったわけではないが、自分はそこまでストイックではなかったんだな、と実感した。

くだらないものを買うのが楽しい。

買い物をする時に、予算や栄養のことではなく、他愛のない話をするのが楽しい。

「総菜を買えば料理の手間がはぶけるな」

「ソウザイって何です？」

「出来上がってる料理のことだ。条は日本語上手いのに、時々知らない言葉があるんだな」

「アメリカで父さん達が使っていなかった言葉はわからないです。勉強します」

「ああ、勉強しろ、しろ。学んで損になることはないからな」

是永さんは、どこか子供っぽくて話し易かった。年上なのに、上から目線がない。経験者として語ることはあるが、知ったかぶりはしない。

「だが遊びも忘れるな。いい子でいるとつまんない人生だぞ」

「いい子でいる方がいいでしょう。周囲の人に迷惑もかけないし」

「自然にしていていい子になるならな。だが、いい子でいようと努力してるなら、時々息抜きも必要だ」

「それって、経験談ですか？」

「そうだ」

距離感が近いというのかな。

彼は年上なのに友人か兄のように話す。

言っていることは今まで他の人にも言われていたようなことなのに、話し方のせいだろうか、そうなのかなと納得してしまう。

おとなしくいい子でいると大変だろう。もっと気楽にしていいんだよ。とは宇垣の父にも言われたことがあった。

その時は、この道を進めと言われているのかと思ったけど、是永さんの言葉は俺に選択肢を与えてくれてるように聞こえる。

その違いが何なのかはわからないけど。

俺はまだ、人との付き合いが上手くないのかもしれない。

彼と彼との家族のカタチ

著：火崎　勇
画：金ひかる

『ボックスラブ』

以前は他人の家で朝食をもらうのは抵抗があると言っていた是永さんだったが、俺と恋人になってから家族という意識になったのか、時々朝食時にも現れるようになった。

そんなある日、みゆの保育園のお弁当を作ってると背後に彼が立った。

「みゆちゃんの弁当、条が作ってるのか」

「ええ」

「カチコさんが作るんじゃないのか？」

カチコさん、というのは俺とみゆのおばあちゃんで、その呼び方は彼特有だ。

「おばあちゃんのお弁当は茶色いから嫌だそうです。なのでみゆのリクエストのキャラ弁です」

「キャラ弁？」

「キャラクターをおかずで作るお弁当です。ママさん達に保育園で流行ってるって教えてもらったので」

ネットで作り方を調べて、卵焼きや海苔でキャラクターを作るのはなかなか面倒だが、喜んでくれるのなら仕方がない。

「是永さんのお弁当はどんなのでした？」

「弁当？　コンビニのか、デパ地下の総菜を詰め替えたものかな」

「お母さんは……」

作ってくれなかったのかと言いかけて止めた。

彼の母親は家庭的じゃないどころか家にもいな

「お弁当か……」

週末、俺は隣の是永さんの家で過ごすのが定番になっていた。

それが大切な恋人の時間なので。

おばあちゃんもみゆも好きだし一緒にいたいけれど、やはり見せられない恋人の時間というものがあるのだ。

いつもより少し遅れると連絡して、昼前に彼の家に向かう。

遅れたことを、彼は気にしていなかった。

「昼飯、どっか食べに行くか？」

と言う彼に、俺は持ってきた弁当箱を差し出した。

「ここで食べましょう。作って来たんです」

大きな黒い弁当箱を見て、予想外に彼は喜びを見せた。

「これはひょっとして『俺の』弁当箱か？」

「ええ。みゆのじゃ小さいですから。と言ってもスーパーで買った安いのですけど。嬉しいですか？」

「嬉しい。すごく嬉しい」

彼は弁当箱を差し出したままの俺を抱き締めてキスした。

このキスシーンを我が家の女性達には見られたくないのだ。

「大したものは作ってないですけど」

「開けていいか？」

「食べるために作ったんですからどうぞ。また

コーヒーですか？ それとも日本茶にします？

NUT-CHIPS

だから、その違いがわからないのかも。

「ローストビーフとステーキとどっちがいい？」

「……ステーキ」

「正直でよろしい」

けれどこの人のことは好きだとは思えた。

いい人だな、と。

彼が隣家にいてくれてよかったと。


是永さんが食べたいと言うので、ネットで作り方を調べてスペアリブを焼いた。

スペアリブにはオニオンリングだという謎の法則を口にされて、それも作った。

エビのグリルとローストビーフと、ソウザイの春巻きとチャーハン、オードブルの詰め合わせ。野菜が足りないからとサラダを二種類。

いつもはコーヒーだけのリビングのテーブルに、乗り切らないほどの料理を並べて、まだ日が残るうちからディナーが始まる。

山盛りのポテトチップスを傍《かたわ》らに、色んな種類のビールを並べて乾杯した。

「打ち込みの様子を見たが、スピードはあまり早くないな」

「読めない文字とかがあって。喋るのは大分慣れたんですけど、まだ書いたり読んだりするのは苦手です」

「やりたい仕事は見つかったか？」

「……まだです。何ができるのかわからなくて」

ビールを飲みながら始まる会話。

彼はまず俺のこれからのことを話題にした。

「やっぱりすぐに働かなくてもいいんじゃないか？」

「遊んでいろ、ということですか？」

「そうじゃない。学校へ行けってことだ」

「頭、そんなによくないですよ」

「そうでもない。知識は足りないかもしれないが、頭はいいだろう。でなければそんなに流暢《りゅうちょう》に日本語は喋れない」

「これだけは必死に勉強しました」

「それなら他のことも必死に勉強すればいい」

「でも学費がかかります」

「カチコさんに出されるのが嫌なんだな？　彼女なら喜んで出すと思うが」

「あれは宇垣のお金です」

「お前ももう宇垣の人間だろう」

「俺は……、同居人です。宇垣の両親は望んで俺を迎えてくれましたが、おばあちゃんは違います。来たものを受け入れてくれただけです」

「受け入れてくれたんだから甘えてもいいと思うがな」

「甘える、ですか。よくわからないな」

料理を口にしながらビールの杯《さかずき》を重ねる。

ベリーのビール、レモンのビール、黒ビールに白ビール。

酒が進むと、自分も彼も饒舌《じょうぜつ》になる。

「俺は学校に行った方がいいと思う。高校や大学でなくとも、専門学校ってものがある。技術を学ぶ学校だな。一つ技術を身につければ、学歴がなくても仕事に繋がる」

「でもそういうところもハイスクールを出ていなければ入学できないんじゃないですか？」

「高校卒業資格か。学校に行かなくてもそれを習得する方法はあるんじゃないか？ 通信という方法もある。うん、通信ならカチコさんの世話を焼きながら勉強できるぞ」

「ですから学費が……」

「俺が出してやろう」

「是永さんが？」

「出世払いだ。働いて稼げるようになったら少しずつ返してくれればいい」

「それなら……。でも俺に何ができるでしょう？」

「カチコさんの世話をしたいなら、料理とか介護の資格かな」

彼は、真剣に俺の将来について話してくれた。

何かをしようと焦って現状に甘んじていると、何もしないのと一緒だ。高く飛ぶためには一度低くしゃがまなければならない。

たとえ遠回りだと思えても、何かを手にした方がいい。

自分も、何をやったらいいのかわからなくて迷ったことがあった。

目標なんて簡単に見つかるものじゃないのはみんな同じだ。自分が今の会社を立ち上げたのも、色々悩んでからだった。

会社を起こしてから、もっとあの資格もこの資格も取っておけばよかったと後悔した。

条はまだ若いんだから、手にできるものは何でも掴みに行けばいい。その中に本当に必要なものが見つかるだろう。

お前は物事に対して背中を向けない。後込《しりご》みすることはあっても柔軟だ。そういうところが好きだ。

会話をツマミに酒が進む。

途中から、彼はウイスキーを持ってきて、水割りを作り始めた。

俺にも勧めたが、味があまり好きではないからと断って俺はビールだけ飲んでいた。

そのうち、彼が俺に酒を勧めるのは、酔わせて俺の口を軽くしようとしているのだと気づいた。

けれどそれは俺よりも是永さんの方に作用したみたいだ。

「お前は他人を気遣ってばかりだ。そういう姿は見ていて悲しい」

「悲しい、ですか？」

「ああ。俺が二十歳の頃なんか、もっと他人に当たり散らしてたぞ」

「是永さんは大学行ったんですか？」

「行った。いい大学に入らなければ金は出さないと言われたから、名前の通ったところに行った。大学に行って、自分で金を稼がなかったらあの親から離れられないと思ったから必死だったな」

「親から離れたかったんですか？」

「支配されたくなかったのさ。庇護《ひご》されたままじゃ使い回されるだけだから。他人のために生きるのはつまらない。条は『誰か』という明確な人間はいないが、『何か』に使われてる気がする。それに気づいてないのが悲しい」

「どうして是永さんが悲しむんです？」

「人間ってのはそういうものだ。傷ついてる者を見ると手を差し伸べたくなる。そう思わないヤツは壊れてる」

「乱暴な言い方ですね。関係ない人間のことまで面倒見られないって人もいるでしょう」

「俺はカチコさんに救われた。だから俺がお前に手を貸したい。……条には迷惑な話かもしれないが、お前に手を貸すことで、昔の自分を助けたいと思ってるのかもな。……いや、その目かな」

「……目？　俺は助けられる必要はないですよ。十分な暮らしはしてますから。優しい人達の側で、いい服を着て、美味しいものを食べて。今もこんな贅沢をさせてもらってるし」

俺は大分寂しくなったテーブルの上を示した。

「物質的な充足が幸せじゃない」

少し酔っ払った様子を見せていた是永さんが、突然きっぱりとした口調で言った。

「それも体験談ですか？」

からかうように言ったのに、彼は真顔で頷いた。

「そうだ」

わからないな。

ちゃんとした家で、両親がいて、生活に困らない日々を送ってきたのに、どうしてこの人はそんなに辛そうにするのだろう。

「条の目には光がない。それが悲しい」

「意味わからないですよ」

「……まあ、そうかもな」

彼はふうっとため息をついて話題を変えた。

「今度四人で旅行でも行くか」

「突然何です？」

あまりも唐突に話題が変わったので、笑ってしまう。

もう大分酔ってるようだ。

「楽しいことをしよう。楽しいことを教えたい。日本観光はまだしてないんだろう？」

「ええ」

「じゃ、日本を堪能《たんのう》させてやる」

その後は、もう俺のことについては話さなかった。

料理に手が伸びることはなくなり、ただ酒だけを飲み続ける。

「アメリカのテレビとか何が面白かった？」

「バスケットの中継かな。ドラマとかは続けて見られないと飽きちゃって」

「野球は？　メジャーリーグとかじゃないのか」

「今はあんまり。あとはアメフトですね」

「あー、アメフト」

話題も、他愛のないものに移っていき、だらだらとした時間が過ぎていった。


こちらから話しても是永さんの返事にちょっと間が空くようになった。

「男性の着物はあまり派手なのないんですね」

と言っても、何も言わない。

ふっと見ると、目を閉じてる横顔が目に入る。

「是永さん？　眠いんですか？」

声がけすると、ハッとしたように目を開ける。

「……着物は着付けが面倒で」

と、合ってるんだかズレてるんだかわからない答えが返る。

これはアレだな。

もう酔い潰れてるな。

だがここで寝られても困るし、俺もベッドで横になりたい。

「是永さん」

なので、彼の肩を揺すって起こした。

「寝るなら寝室行きましょう。俺はどこで寝ればいいですか？　ここで寝るならブランケット貸してください」

「いや、上に行こう」

彼は頭を軽く振って、何度も瞬《まばた》きした。

眠気と戦ってるな。

「寝室、上なんですか？」

「ああ、付いて来い」

立ち上がったはいいけれど、彼がふらつくので慌ててその身体を支えた。

「大丈夫ですか？」

「ん……、飲み過ぎた」

子供みたいに頷く。

「いつもこんなに飲むんですか？」

「いや、いつもは一、二杯程度だ。今日はつい、な」

彼に肩を貸しながらリビングの端にある二階へ続く階段を上る。

この家にはもう何度も来ているが、二階に上がるのは初めてだ。

彼が明かりのスイッチを入れると、短い廊下が浮かび上がる。扉は左右に二つずつ。彼が向かったのは一番手前の右側の部屋だった。

扉を開け、ここの明かりを点《つ》ける。

そこにはキングサイズのベッドが一つだけ置かれていた。

枕元にはベッドライトと小さなテレビが置かれている。

俺はそのベッドの上に彼を座らせた。

「水、持ってきましょうか？」

「いや、いい。条は酒が強いな」

「そんなに飲んでないからですよ。それにビールだけでしたし」

「みっともなくて、すまんな」

「そんなことないです。酔って暴れられるよりずっと手がかかりません。俺はどこで寝ればいいですか？」

「隣が客室だ。使ってくれ」

「わかりました」

彼から手を離し、部屋を出る。

是永さんはベッドに座ったまま、俯いていた。

一応、下を片付けておくか。あのままにしておくと明日の朝、酷い臭いになるだろうし。

空きビンをまとめ、食べ散らかした料理をビニール袋に入れてからゴミ箱へ。グラスや皿も洗い、テーブルを拭いた。

これでいいだろうと思った時、ふっと是永さんのことが心配になって、水を入れたコップを持って二階へ戻った。

もう寝ていたら自分で飲めばいい。

階下の明かりを消して階段を上る。

小さくノックしてそっと扉を開けると、是永さんはさっきと同じく項垂《うなだ》れたままベッドの上に座っていた。

やっぱり、という思いがあったので、ため息一ついて彼に近づく。

水の入ったコップをサイドテーブルのテレビの横に置いて、彼の肩を揺する。

「是永さん」

リビングではこれで起きたのに、今度は起きてくれなかった。

「是永さん。服着たままでもいいですから、横になって」

もう一度大きく揺すると、小さく「ン……」と声がした。

仕方がないなぁ。

いい大人だから、放っておこうか？

でもお世話になってる人だし、それは不味《まず》いよな。

取り敢えず、戸口のところへ行って明かりを消す。暗くしてから彼を横にさせればいいだろうと。

だが、明かりを消した途端、彼の声が響いた。

「明かりを消すな！」

命令に近い大きな声。

慌てて明かりを点けると、彼はぱっちりと目を開けていて、俺を見るとバリバリと頭を掻いた。

「大きな声を出してスマン」

「いえ……。水、持ってきたんでどうぞ。テレビの横にあります」

彼は腕を伸ばしてコップを取ると、一気に飲み干した。

「……大丈夫ですか？」

ゆっくりと近づいて、彼の隣に座る。

「ああ」

だがそう答える彼の顔は、とても大丈夫には見えなかった。

「……いい年して、暗闇が怖いんだ。いや、暗い部屋で寝ることが、かな」

「今は明るいですよ」

俺は落ち着かせるために、そっと彼の手に手を重ねた。

「建て替える前も、この家は広い家だった。俺の親がネグレクトだって話はしたな？」

「ええ」

酔いが彼の口を軽くする。

「それは物心ついた時からだった。いや、記憶がないだけで、それより前からだったかもしれない。真っ暗な部屋のベッドの中に寝かされて一人の夜を過ごしていた。怖くても動くこともできず、布団を被ってじっとしているしかなかった」

俺は相槌も打たず、彼の手を握った。

「そんな時、家に不審者が侵入した」

「ドロボウ？」

「いいや。俺の親父は世界的なアーティストだと言っただろう？　ファンだよ。だから特に酷いことはされなかった。だが暗い家の中、歩き回る足音がして、ドアが開いて、見知らぬ男に覗き込まれたことは忘れられない」

「捕まったんですか？」

「後日、な。それでも、親は俺を一人で家に残して出歩いた。警備会社と契約したからもう大丈夫だと言って。だが、どんな警報システムがあったって、暗闇が怖いことに変わりはない。以来、暗い部屋で眠るのは嫌いなんだ」

情けないだろう、という顔で彼が笑う。

その顔が何故かとても愛おしかった。

小さなみゆが泣いてる姿を見た時のように。

「親から暴力はなかった。だが無関心は時に暴力より人を傷つける。金だけを置いて姿を消す両親を見送り、真っ暗な家に取り残されるうちに、俺は何もかもを諦めるようになった。俺はまだマシな方だ。もっと不幸な子供もいる。親に期待をしなければいい。何も期待しなければ落胆もない。いい子でいれば金は与えられる。金があれば生きていける」

自嘲《じちょう》する笑み。

「可愛くない子供だ」

「そんなこと……」

彼の目が、ふっと和らぐ。

「条が親から虐待を受けていたと淡々と話すのを聞いた時、俺はお前のことも心配になった。俺の時みたいに壊れかけてるんじゃないかって。だがお前はちゃんとカチコさんのこともみゆちゃんのことも好きで、二人と一緒にいるためにちゃんと努力してる」

左の腕が伸びて俺を抱き寄せ、右の手が頭を撫でる。

「偉いよ」

そのまま彼が倒れるから、俺も一緒になって倒れ込む。それでもまだ、彼は俺を抱いたまま頭を撫でていた。

「心配する必要なんてなかったな。なのにお前のことが気にかかるんだ。その目の中に寂しさを見つけると、もっと笑って欲しいとか、楽しませたいとか思う」

是永さんは、俺よりもずっと年上で、社会的にも成功している。

なのに今も、その子供の時の恐怖が忘れられないでいるのか。

そう思った時、頭の中で色んな思考ぐるぐると回った。

大人なのに、仕事をして成功しているのに、彼の中には子供の部分がある。血縁でもないし、不幸でもないおばあちゃんの将来を心配して、自分にできることをしようとしている。お金を持っているのに、お金で解決するのではなく。

心の中に残る傷を持っていて、それを自覚しているのに強い。

俺やみゆのように自分に関係のない人にも優しく接することができる。だからといって、安易に俺に仕事を紹介するような甘いことはせず、出来ることを一緒に考えてくれる。

可哀想だからじゃなくて心を動かす人。

強くて、弱くて、心のままに動ける人なんだ。

ピンボールみたいに、思ってもいなかった方向に心が弾ける。

「酔っ払ってないで、寝てください。服、脱ぐんですか、このままでいいんですか？」

「このままでいい。お前も寝ろ」

捲《まく》った布団の中に、もぞもぞと入り込み、俺にも布団をかける。

肩を抱く手は、強い力ではなかった。

「子供みたいですよ」

「ガキの頃の話をしたら、子供に戻った」

子供みたいに笑う。

「じゃ、明かり消してみます？　俺が隣で寝てあげますから」

「それはちょっと……」

「それじゃホントに子供じゃないですか」

緩く回っていた腕を解いて明かりを消しに行く。

俺が部屋の明かりを消すと共に、彼は枕元のライトを点けた。

「これくらいはいいだろう」

拗《す》ねた口調に笑ってしまう。

「俺なんかを相手に、そんなに素をさらけ出していいんですか？」

ベッドに戻り布団の中に潜り込む。

「いい。条は特別だ」

それが酔っ払いの戯言《たわごと》だというのはわかっていたけれど、『特別』という言葉が耳に心地よい。

「特別って言われると嬉しいです。なったことがないから」

あ、この言葉は失敗したかな？

彼の顔が曇る。

「これからいくらでもなれるさ」

「是永さんがしてくれるんですか？」

「もうしてるじゃないか。この家に人を入れるのは珍しい。ましてベッドの中に入れるなんて特別以外の何ものでもない」

「恋人と寝ないんですか？　セックスレス？」

「お前は時々ストレートな物言いをするな。アメリカ育ちだから性的なことにストレートなのかな。セックスレスじゃないが、今恋人はいない。家には人を呼びたくなかったから、いた時もこの家にもベッドにも他人はいれなかった」

「ああ、この家はあなたがくつろげる場所じゃなくて、眠りに帰るだけの場所ですものね。でもこんなに温かい場所じゃないですか。くつろがないのはもったいないですよ」

酔ってるせいか、彼の方が体温が高い。

それを確かめるように手を伸ばして脇腹に触れる。

「ほら、温かい」

「そりゃ俺の体温だ」

薄暗いベッドサイドのライトだけが、互いの顔を照らす。

俺は、じっと是永さんの目を見つめていた。

黙ったまま少し笑みを浮かべて、服の上から彼の身体に触れたまま彼だけを見つめていた。

「何故見る？」

沈黙の後、目を合わせたまま彼が訊く。

「目の前にいるから」

どちらも目を逸らさない。

「そんな目で見られると困る」

「どうして？」

「お前が魅力的だからだ」

「俺なんかに魅力はないですよ」

「いいや、魅力的だ。誘われてるみたいだ」

「誘う？　何に？」

子供のようだった彼が、男の顔になる。

「こういうことにだ」

そう言うと、彼は顔を寄せて唇を重ねた。

柔らかな唇の感触はすぐに離れ、彼は俺の反応を確かめるように間を置いた。

俺は何も言わなかった。

何もしなかった。

怒ることも逃げることもせず、彼の身体に触れている手を動かすこともしなかった。

「いいのか？」

と聞いた彼に返事もしなかった。

だが、拒否の言葉も口にはしない。

無言のままでいると、彼はもう一度キスしてきた。

今度は舌を使った深いキスを。

手が、頬を捕らえ身を乗り出すように上から貪《むさぼ》ってくる。

一度スイッチが入ったら止まらないのか、もうこちらの反応を待つことはしなかった。

手慣れた様子でシャツの中に手を入れ、肌に触れてくる。

胸に膨らみがなくても、肌を滑る指には迷いがない。

彼が、男性を相手にする人間だということは察していた。最初におばあちゃんとのことを話した時、『母親が酷かったせいか、女性に興味がない』と言っていたから。

でも他人の恋愛事情に踏み込むつもりはなかったので、深く突っ込むことはしなかった。ゲイなどアメリカでは特別なことではないのだし。

ここの他人は呼ばないとは言ったけれど、ここではない場所で何人も抱いたのだろう。

「あ……」

声が漏れる。

でも『いや』とか『止めて』とは言わない。

酔っていても、きっと彼はその言葉で止めてしまうだろうから。

「ン……」

シャツが大きく捲られて、首に溜まる。

是永さんは身体をずらし、剥き出しになった胸元に舌を這《は》わせた。

乳首に濡れた感触。

吸い上げられて、先を舌で転がされる。

もう一方は指で軽く弾かれ、摘まむように弄《いじ》られた。

「あ……」

性欲があって俺に手を出したのだろうに、彼は性急ではなかった。暴力的でもない。

自分が愉しむというより、俺を昂《たか》めようとしているように思える。

そしてそれは成功していた。

まだ胸しか触られていないのに、身体が熱くなる。

是永さんほどではないが、俺も少し酔っていた。

身体の中から沸き上がる快感に堪《た》えるために息を詰めると、その酔いが強く回って目眩《めまい》がしてくる。

……そうだ、酔ってる。

俺も彼も、酔ってる。

酔っているから、こんなことをするのだ。

でも……。

是永さんの手は、俺のズボンの上から膨らみに触れた。

「……うっ」

撫でられて、刺激を受けて、少し身じろいでしまう。

だが手はそのままそこを撫で続け、やがてファスナーを引き下ろし、中へ侵入した。

酔っていたとしても、今この瞬間彼は自分を求めている。

この人は『俺』が欲しくて堪《たま》らないはずだ。

性欲を満たしてくれる相手なら誰でもいいのかもしれない。

いや、この人なら、その対象は選ぶだろう。どんな時でも『誰でもいい』は思わないはずだ。

だから、少なくとも『抱いてもいい』と思うくらいの好意は持ってくれているはずだ。

『はず』と言うのは自分の勝手な想像、希望でしかないことはわかっている。

それでもいい。

特別と言ってくれたじゃないか。

流れの中の一言だとしても、その言葉が俺を動かす。

「ん……」

下着まで下ろされ、勃《た》ち上がり始めた性器を握られる。

「あ……っ」

大きな掌《てのひら》が、包むようにゆっくりと動く。

俺はまだ、『いや』とは言わない。

まだ胸にあった舌が離れ、是永さんが身体を起こして俺の顔を覗き込む。

浅ましい顔を見られたくなくて、腕で顔を隠す。

だが彼はその腕を取って退けさせると、少し笑って口づけた。

肉感のある唇が擦り合わせられ、舌で内腔を舐られる。愛しい、というように。

胸が痛い。

胸が痛い。

苦しいほど胸が痛む。

きっと彼は酔いが醒めたら後悔する。それがわかっているのに止められない。

一瞬でもいい、誰かの『特別』になってみたかった。『俺』だから求められる、そう感じたかった。

たとえそれが幻影でも、嘘やごまかしのない是永さんに、求められたかったのだ。

この人が子供のような心を持ってると知ったから、彼がすることなら芝居ではないと思えるから。

キスが離れ、彼が身体を起こす。

正気に返ったかとドキリとしたが、そうではなかった。

自分のシャツを脱ぎ捨て、ズボンの前を開けるためだ。

取り出された彼のモノは既に屹立《きつりつ》していた。

挿入《い》れるのだろうか？

身構えたが、彼は自分で自分のモノを握って更に大きくしただけだった。

「触れるか？」

と訊かれたので、黙って頷き手を伸ばす。

「自分でする時みたいにしてくれ」

肉の塊は熱く、手に余る。ゆっくり、根元から引っ張るように愛撫し、先端に指を這わせる
と、そこは少し濡れていた。

爪の先で軽く引っ掻くと、「うっ」と彼の声が漏れる。

「あ、ごめんなさい……」

「いや、いい。他人のなんてしたことがないんだろう？」

その言葉を質問とは受け取らず、俯いた。

ゴクリ、とツバを飲む音が聞こえた。

「我慢が利かなくなりそうだ」

呟く彼の声。

我慢などしなくていいです、と言ってやりたかった。

でも彼が望んでいるのはきっと『ウブな相手』だろうから、余計なことは言わない。

「あ……っ、何……っ？」

自分のモノと彼のモノとが一緒に握られる。

一番敏感な場所に擦り付けられる自分ものではない肉塊の感触。

包んだ手が刺激を与え続け、硬くなったソレを揉むように扱《しご》く。

「あ……っ」

「アナルは無理だろ。一緒にイこう」

そうか、彼はそこまでしたことがあるのか。

でも自分はそれを知っていてはいけないのだろう。

「是永さ……」

もう逃げない。正気には戻らない。

そう確信して彼の名を呼ぶ。

是永さんはにやりと笑ってまた覆い被さってきた。

身体の重み。

肌に感じる体温。

愛撫を受け続ける局部。

舌を使った口づけが何度も繰り返され、空いている手が髪を撫でる。

「だ……、だめ……っ」

二人のモノを握っていた手が離れ、俺を抱き締める。

「あっ！」

強い力で引っ繰り返され、俯せにされたかと思うとまだ残っていたズボンを剥《は》がされた。

剥き出しになった尻を彼の手が撫で、奥へ滑り込む。

思わず力が入ってしまった『入口』に指が触れ、軽く押す。けれどそれ以上は侵入することなく、こじ開けるようにした股の間に移動して、わずかにそこを開いた。

続いて、手でないものが差し込まれる。

「脚、閉じて」

硬くなった『彼』、だ。

脚の隙間を『孔』に見立てて彼が差し入れる。

身体が重なり、手が腰を回って前に回り、俺のモノを握る。

「あ……ぁ……っ。やぁ……っ」

耳朶《じだ》を甘く咬まれ、うなじなキスされながら愛撫を受ける。

「出る……っ。だめ……」

疼《うず》きが快感を生み、脚に力が入る。

「出していい」

彼は自分のモノを俺の脚の間に擦り付けて腰を動かした。

「ベッドが……、汚れ……、んん……っ」

手を伸ばし、脚の間から出てる彼の先端を握る。

竿《さお》の部分には手が届かなかったので、少し濡れた先を指で擦った。

「……っ」

耳に響く彼の吐息。

名前を呼んでくれないかな。

俺を欲しがってると、思わせてくれないかな。

「あ……、あ……、これな……が……」

俺は彼の名を呼んだ。

でも彼は最後まで俺の名前を呼んではくれなかった。

「イク……ッ！」

「……う」

熱を吐き出すその時も、彼はわずかに呻《うめ》いただけだった。

そして全てを投げ出すように、俺の隣にごろりと横になって大きなため息をつくと、そのまま動かなくなってしまった。

「……是永さん？」

名前を呼んでも返事はなく、そのうち静かな寝息が聞こえてきた。

これで終わりか。

俺はずるりとベッドから下りて、そのまま寝室を抜け出した。

身体に引っ掛かっている程度の衣服を整え、階下に向かう。

「バカなことをしたな……」

自分がしでかしたことを思い返して笑いが出た。

酔っていた。

ただそれだけのことだ、と……。


シャワーを浴びてから、彼の寝室の隣の部屋で横になった。

客間だという部屋は、空気が澱《よど》んでいて、使われてない部屋だということがわかった。

この家には人を呼ばない、というのが本当なんだな。

俺は、彼とは反対で部屋を真っ暗にすると少し安心した。

ここには、自分を殴りに来る人はいない。

人の気配がない方がいい。独りの方がゆっくりと眠れるのだと。

けれど長く眠ることはできず、翌朝は早く起きて朝食を作り、コーヒーを淹れてリビングで待っていた。

上手くやろう。

昨日のことはなかったことにしよう。

是永さんも、忘れたいだろうから気にしていないことをアピールしないと。

コーヒーを飲んでいると、気配があって彼が階段から下りてきた。

「条」

あ、名前を呼ばれた。

「おはようございます」

座ったまま振り向いて彼を見上げる。

「シャワー浴びてきたら食事にしましょうか」

「昨夜は……」

「お互い酔ってたので、仕方がないですね」

言わせないために先んじる。

昨夜のことは流していい、と水を向ける。

けれど彼はなかったことにはしなかった。

「そういうことじゃないだろう。酔っていたとはいえ……」

「初めてじゃないですから、大丈夫です」

彼に謝らせたくなくて、口が動く。

「子供の頃、ウリをやらされてたので。昨日くらいのことなんて、何でもないことです」

だが言葉のチョイスを失敗したかも。

是永さんの顔が一瞬にして固まる。

「『やらされた』？　どういうことだ？」

「どういうって……、そのままです。ですから昨日は入れなかったし、気にするほどのことじゃないです」

彼に罪悪感を抱かせないように説明をする。

「俺も男ですから、その気にはなりますし、今の家では自分ですることもできないから丁度よかったっていうか」

「親の虐待って言うのは……」

怒りを含んだ声。

「大したことじゃないです。日本ではないことかもしれませんけど、アメリカでは親がジャンキーなんてよくある話です」

「親はクスリをやってたのか」

強ばった顔のまま、彼が隣に座る。

親のこと、言ってなかったか。

「ええ、まあ。それで亡くなったみたいなものです」

「日本人だろう？」

「父は日系アメリカ人です。母は日本人でしたけど」

「なのにクスリに手を出したのか」

「まあ色々あったんでしょう。その話はもういいです。人に話すほどのことじゃないので。それより、朝食作ってあるんで、シャワー使ってきてください。出たら食事にしましょう」

可哀想、と思われたくない。

普通に接して欲しい。

「まだこの話を続けるなら、俺は失礼します」

「お前のことを知りたいんだ」

「今まで訊かなかったのに？　同情されるのは好きじゃないです」

「そういうつもりじゃない」

「じゃ、どういうつもりです？」

「わからん。だが知りたい」

「わからないなら気にしないでください。ほら、早く行って」

俺は彼を押して立たせた。

「ほら」

もう一度強く押すと、やっと彼は立ち上がった。

「お前は……」

「俺は昨日使いましたから」

まだ何か言いそうだったので、俺も立ち上がってキッチンへ向かった。

会話が切れ、彼がバスルームへ向かう。

失敗した。

欲を出し過ぎた。

意識はしっかりしていたが、やっぱり自分も酔っていたのだろう。今も焦り過ぎた。

彼が出てきたら、今の話題の続きをされるのだろうか？

それは嫌だな。

作り立ての朝食が食べたいと言っていたから、結構頑張って作ったのだが、食べてるところを見るのは遠慮した方がよさそうだ。

温野菜のサラダとエッグベネディクトとコーンスープをリビングのテーブルに並べて、俺は家を出た。

嘘だとすぐわかるだろうが、『用事ができたので帰ります』とメモを残して。

時間をおこう。

時間が経てばきっと忘れてくれる。

人は忙しいものだ。一瞬の興味など、すぐに流れてくれるだろう。俺のことなんか、是永さんにとって大したことではないはずだ。

宇垣の家にはまだ帰るわけにはいかないから、歩いて近くのファミレスへ向かった。

「一緒に朝食食べたかった、かな？」

自分の失敗を悔いながら。


俺の実の両親は酷いものだった。

父親は日系のアメリカ人で、仕事もなくミュージシャンぶっていたが実際には演奏の仕事など殆どしていなかった。

ミュージシャン仲間から流れてきたクスリに手を出し、それに溺れた。

母親は日本人で、大学の卒業旅行でアメリカに来て、数少ない父親の演奏を見てファンになり結婚した。

もちろん、母親の両親は大反対だったが、その両親が火事で亡くなったこともあって、遺産を持ってアメリカへ移住した。

父親は、その遺産が目当てで母親と結婚したのではないかと思っている。

だが俺が物心ついた頃には、既に二人はその金を使い果たしていた。

狭くて汚いアパートの一室、両親が家にいる時は殴られたり物を投げ付けられたりしたので、二人が出掛けている時だけが安全な時間だった。

食事もロクに与えてもらえず、いつも腹を減らしていた。

毎日、自分達に金がないのはアジア人だから差別されてるのだから始まって、運が悪かったのだ、誰かがハメようとしているのだ。とにかく自分達以外の要因のせいでこうなっているのだと愚痴《ぐち》り続ける。

ある時、宇宙人が俺達を狙っている、と言い出した時にはヤバイな、と思った。

俺が十歳になる頃、父親は俺に働けと言った。

クスリを買うための金を稼いでこい、と。

今まで育ててやったのだから恩を返せ、と。

と言われても、十歳の子供に働ける場所などない。ゴミの中から缶やビンなどを探して売りに行くとか、近所の人の用事を聞いて小遣いをもらったりする程度だ。

そんな小銭で両親が満足するはずがない。

ある日、父親がハンバーガーを食わせてやるから一緒に出掛けよう、と連れ出してくれた。

俺は嬉しかった。

今日は優しい日なんだ、と思って。

だが実際は、その日初めて俺は『売られた』。

次の時には、家にいる時に客を連れてきた。もう俺がエサに釣られて付いてくることはないだろうと踏んだからだろう。

毎日のようにではなく、父親がクスリを買う金が無くなった時だけだったが、その後も突然父親が連れてくる『友人』を相手にさせられた。男も女も。

それが俺の仕事だった。

もうダメだ。

ここにいたらこの生活を続けさせられると思った俺は、家を飛び出し、何とか年齢をごまかしてダイナーでの仕事を始めた。

その時に出会ったのが宇垣さんだ。

宇垣さんは近くの法律事務所で働いていて、いつも優しく声をかけてくれた。

ダイナーのオーナーであるマギーも口は悪いが優しい人で、この子は親が酷くて学校にも行けないんだと宇垣さんに訴えてくれた。

同じ日本人なら可愛がっとくれ、と。

だからなのか、宇垣さんはダイナーに来る度、俺に声をかけてくれて時には菓子や本などの土産もくれるようになった。

何だ、アジア人だってちゃんとした仕事をしてる人はいるじゃないか。父親の言い訳はやはり負け犬の遠吠えだったんだ。

世の中には『いい人』と『悪い人』がいるだけで、自分はたまたま『悪い人』の子供に生まれただけだったのだ。

貧しかったが、暫くは平穏な日々続いた。

けれどある日、丁度宇垣さんが店に来ている時、俺は終に父親に見つかってしまった。

「逃げやがって！」

殴られ、蹴られ、財布を取り上げられ、店から引きずり出された。

マギーが警官を呼んでくれなければきっとあのアパートに連れ戻されていただろう。

そして弁護士という立派な肩書を持つ宇垣さんがいなければ、警官がまともに相手をしてくれたかどうか。

その数日後、今度は母親が店に来た。

マギーはすぐに宇垣さんに連絡を取り、彼が立ち会ってくれることになった。

母は、すっかり気落ちした様子で父親が亡くなったことを告げた。

もう、誰も頼ることが出来なくなって、俺のところへ来たのだ。今度は俺に養ってくれと言うために。

宇垣さんはズタボロの母親ともちゃんと話し合ってくれて、保護施設に入るように促した。クスリを抜いて更生すれば日本へ戻れるかもしれない。日本にはまだ親戚がいるだろうからやり直せるかもしれないと言って。そして俺を里親として引き取ってくれたのだ。

日本ではどうだか知らないが、アメリカではフォスターケアという制度がある。

虐待などを受けている子供を引き取って育ててくれる制度だ。

とはいえ、通常は十に満たない小さな子供が対象なのだが、俺の場合は宇垣さんから説得された母親が了承したこともあって問題なく進められたらしい。

その母親は施設に入っている間に亡くなった。

宇垣さんはこうなることがわかっていたのだろう。俺を引き取ってくれている間に、養父母の適性審査やトレーニングを受けていたらしいから。

そうして、俺は初めてぐっすりと眠れる『家』を見つけた。

宇垣の両親も、みゆも、彼等が所属しているコミュニティも、別世界のように優しく清潔で穏やかだった。

この生活を逃したくないと思って、必死に勉強もした。

母親が完全な日本人で、家でも日本語で話しかけてくれていたから言葉を覚えるのは難しくなかった。

けれど生活習慣は色々と大変だった。

このまま穏やかに過ごして、成人したら独立して宇垣の両親に恩返しをするつもりだった。

けれど、あの事故が起きて、全てが狂ってしまった。

もう彼等に恩を返す術がない。

遺《のこ》されたみゆを育てることが恩返しとなるだろうか？

でもどうやって？

途方にくれている時に、宇垣の父の同僚だったカトウさんから日本行きを持ちかけられ、それがみゆにとって一番いいことだと諭されてそうした。

日本へ行ったら、嫌な過去は全て捨てられるという気持ちもあったかもしれない。

想像していた通り、日本は平穏だった。

心配していたおばあちゃんも、優しく俺を受け入れてくれた。口は悪かったけど。

そう、俺はいつも『受け入れて』もらっていただけだった。

愛されたことがない。

望まれたことがない。

実の両親は、出来たから生んだ。生まれたから生きながらえさせたというだけだった。

宇垣さんは、可哀想な子供を保護してくれただけ。それが悪いというのじゃない。高潔で優しい人だとは思っている。感謝もしている。

でもそれは『俺』だからじゃない。

みゆは無償の愛情を向けてくれていたが、彼女もまたやってきた兄を受け入れただけで、成長して大人になってもその無償の愛情を向けてくれるかはわからない。

おばあちゃんもそうだ。

息子が養子に取った子供だから面倒見ようというだけだ。

俺がどんな人間であっても、『孫』という存在になったから迎えただけ。

そんな中、是永さんだけは違った。

彼と俺との間には何もない。

血の繋がりも、同情も、利害関係もない。なのに彼は親身に俺の世話をしてくれた。

最初は俺を警戒していたのだから、誰にでも優しい人というわけでもないだろう。

たとえ彼が笑いかけてくれても、自分と同じように子供の頃に傷を負っていたとしても、自分とは縁遠い人だ。彼が『俺』を見ることなどない。せいぜいがところおばあちゃんの孫として接するぐらいだろう。

興味を持ってはいけない。気に掛けてもいけない。

そう思っていたのに……。

彼が『俺』を心配してくれたと言った時、心が揺れた。可哀想にとは言わず、努力していると認めてくれた。心配する必要はなかったとも言ってくれた。

彼が俺に向けてる気持ちは同情ではないのだ。

強くて、弱くて、心のままに動ける人。こんな人が自分を求めてくれたら……。

あの時、ピンボールみたいに思ってもいなかった方向に心が弾かれた。

彼がゲイだと察していたから、彼に触れた。酔っていたから、誘った。今この一時だけでもいい、偽りでもいい。

俺が欲しいと思って欲しかった。

……バカなことをしたものだ。

そんなことをしたら今までの関係が崩れてしまうだろうとわかっていたはずなのに。絶対に手に入らないものが手に入るかもしれないと思ったら、我慢ができなかった。

自分の中に、こんな気持ちがまだ残っているなんて思ってもいなかったな。

与えられるものを受け取る。

与えられるというだけでもう十分。それを失わないように注意して、努力して過ごす。嫌われないように、憎まれないように。ただそれだけしか考えていなかったはずなのに。

失うものがあるかもしれないのに自分から手を伸ばすなんて。

ファミレスでモーニングを食べてから、一人でふらふらと街を歩いた。

もう顔見知りになってしまった人達に会わないで済むように、歩いたことのない方へ向かって。

顔見知りになった人々はおばあちゃんを介してなので、にこやかに挨拶しなければならない。

宇垣さんのとこの『いい孫』でいなければ。

それが辛くて、どんどん見知らぬ風景の中へと進んだ。

是永さんは、おばあちゃんに昨夜のことを知られたくはないだろう。

だから、彼はあの家でそのことを口にはしないはずだ。

おばあちゃんの前では、彼はいつものように振る舞うだろう。だったら自分もそうすればいい。

酔った上でも一時の気の迷い。

俺が何げないふりを通せば、彼も罪悪感など覚えず、いつしか忘れてしまうはずだ。

それまで少しばかり居心地が悪くても、大したことはない。

少しばかり悲しくても、自分だってすぐに忘れてしまうはずだ。

日常というのはそういうもの。

時間というのはそういうもの。

どんなに忘れられないと思うことだって、繰り返す日々に埋もれてしまうのだ。あの酷い親のことだって、俺はもう忘れ始めてる。

だから、これは大したことではないのだ……。

夕方になって宇垣の家に戻ると、まだ藤沢さんはいた。

お茶を淹れようかと言ったのだが、また男は邪魔だから二階へ行っておいでと言われて自分の部屋へ戻った。

一人でいられるのはありがたい。

自分のために用意された部屋で、ベッドに横になって、これからどうしようかと考えた。

まだ、是永さんの家の合鍵は預かっている。

アンケートの打ち込みの仕事も終わっていない。

二人きりで会うことは避けたいから、彼が出掛けるのを待ってあちらの家へ行き、彼が戻る前に帰ってくればいいか。

それとも、もう仕事はしなくていいと言われるだろうか?

彼は、俺が誘ったことに気づいただろうか?

ウリをしていた人間など汚いと思うだろうか?

考えないようにしようと思っても、頭の中から是永さんのことが離れない。

夕飯は寿司を取るからと階下に呼ばれ、藤沢さん達の前ではまた『いい孫』を演じる。

俺は上手くやれていた。心の中にぽっかりと穴が空いているのに、微笑んで、会話をすることができた。

これならきっと是永さんの前でも上手くやれるだろう。

随分と遅くなってから、迎えの車が来て二人は帰っていった。

「久々に喋り過ぎて疲れたわ。今夜は早く休ませてもらうよ」

おばあちゃんは俺の変化に気づかず、早々にみゆを連れて風呂に入り寝室へ消えた。

夜が過ぎると、大抵のことはリセットされる。

寝て起きれば、新しい一日。

月曜日になって、また一週間が動き出す。

朝食を作って三人で食べて、みゆを保育園に送って行き、帰り道に是永さんの家の前を通って車のないことを確認する。

いったん家に戻っておばあちゃんにいってきますと声をかけてから合鍵を使って彼の家に入る。

リビングのテーブルの上には、メモがあった。

『メシは美味かった』

とだけ書かれた。

よかった。

彼はあの夜のことに触れていない。ちゃんと忘れる準備をしている。

昼食はおばあちゃんと摂り、いつもより早く仕事を終えて家へ戻って夕飯の支度をする。

その夜、是永さんは姿を見せなかった。

毎日来ているわけではないのだから、気にする必要はない。彼が、おばあちゃんに会わないでいられるはずがないのだから。

たとえ俺に会いたくなかったとしても、いつかはここに来るだろう。

気にすることはない。

気にすることなどない。

是永さんの顔を見ない時間がとてつもなく長く感じたとしても、二十四時間は二十四時間。過ぎていけば彼は来る。

実際、三日ほどすると彼はいつものように顔を出した。


食事をする時には連絡を、と言っていたのに連絡もなく彼は現れた。

ブザーを鳴らされた時、連絡がなくてもこの時間の来訪者は是永さんしかいないと思っていたので、みゆにお迎えに出てと頼んだ。

「はーい」

大きな声で返事をして玄関に向かったみゆが歓声を上げたので、キッチンから顔を覗かせるとやはり是永さんだった。

「お兄ちゃん、ケーキ」

大きな紙袋を抱えて、にこにこ顔でそれを俺に見せる。

「ありがとう、は？」

「ありがとー、みなと」

「湊さん、だろう」

俺は視線をみゆに向けたままにして、彼を見ないようにしていた。

「おばあちゃん、ケーキ！」

みゆが大きな声でおばあちゃんを呼ぶ。

いつもならすぐに家へあがるのに、是永さんが靴も脱がずに玄関先に立ったままだったからだ。

「来るんなら電話ぐらい入れなって言っただろう。後からあんたの分を作るのは条も手間なんだよ」

呼ばれて出てきたおばあちゃんが是永さんを睨んだ。

おばあちゃんがいれば、あの夜のことを蒸し返される恐れはないので、俺もキッチンから出てくる。

「あがらないんですか？」

と声だってかけられる。

「今日はな」

彼の目が一瞬俺に向けられ、すぐにおばあちゃんへ移る。

「カチコさん、デートしよう」

突然の申し出に、おばあちゃんは眉を顰《ひそ》めた。

「何言ってんだい。こんな遅くに」

おばあちゃんはそう言って断ったのに、是永さんは諦めない。

「夕食前だろう？　遅くはないさ」

「いい若い者がこんなバアさん誘って何が楽しいんだ」

「楽しいさ。夜景の綺麗なレストランを予約したんだ」

「四人であんたの奢《おご》りならいいけど？」

「二人きりがいい」

強く返されておばあちゃんがちょっと臆《おく》する。

「もう夕飯の支度は出来てるんだよ。何を好んで外食なんか」

「家での夕飯なら毎日食べられるだろ？　たまにはいいじゃないか」

「だからどうしてその『たま』をあんたとしなきゃならないんだよ」

「どうしても、だからだ」

暫くやり取りをしていたが、短い沈黙の後珍しくおばあちゃんが折れた。

「仕方がないね……。そこまで言うなら付き合ってやるよ。ちょっと待っておいで」

出掛ける支度をするからとおばあちゃんが奥へ入る。

おばあちゃんがいなくなると、落ち着かなくなって、みゆから紙袋を受け取った。

「ケーキ、冷蔵庫に入れてくるから是永さんの相手してて」

「いいよ。あのね、保育園でならった歌うたってあげる」

みゆが歌い出したので、キッチンへ向かう。それを咎められることはなかった。どうして視線を合わせないのかと話しかけられることもない。

もし彼に話しかけるつもりがあったとしても、俺が離れてしまえば追ってはこないということだろう。

それが残念でもあり、安堵でもある。

顔は見れた。これだけでいい。

高級そうなケーキの箱をそのまま冷蔵庫に入れ。耳を澄ます。

玄関では、まだみゆが歌っていた。

「条」

化粧をしたおばあちゃんが戻ってきて俺に声をかける。

着物はそのままだったが、髪に飾りの櫛《くし》をさして薄化粧をした彼女は、お世辞抜きで美しかった。

「綺麗ですね」

「高級なレストランとか言うから、身なりぐらい整えなきゃ店に失礼だろ」

「是永さんと結婚すればいいのに」

「何だい急に」

「年齢なんか関係ないですよ、そんなに綺麗なら」

俺が言うと、おばあちゃんは鼻で笑った。

「確かに歳は関係ないかもね。結婚するのに大切なのは惚《ほ》れてるかどうかさ。それでいえば私は今でも死んだ亭主に惚れてる。湊は問題外だね」

「旦那《だんな》さんを愛してたんですか？」

訊くと、おばあちゃんは照れたようにフンと鼻を鳴らした。

「でなきゃ子供なんか産むもんかい。そんなことはいいんだよ、今から出掛けるんじゃ遅くなるから、みゆを風呂に入れて寝かしつけといとくれ」

「はい」

「じゃ、行ってくるよ」

見送るためにおばあちゃんと一緒に玄関へ行く。

みゆは歌が終わり、何かのダンスを踊って見せていた。

「みゆ」

名前を呼ぶとみゆが振り向く。

「なぁに？」

「おばあちゃんにいってらっしゃいしようね」

「みゆも行く」

「ダメだよ。みゆはお兄ちゃんと一緒に家でお食事だ」

「みゆもレストラン行きたいなぁ」

「じゃあ、今度ね」

納得したのかしないのか、みゆは俺に向かって突進してきて甘えるように抱き着いた。

「ほら、いってらっしゃいは？」

俺に抱き着いたまま、顔だけおばあちゃんに向けて「いってらっしゃい」と言うと、また俺に顔を埋めるように抱き着き直す。

寂しいのかな。

日本に来てから夜におばあちゃんがいなくなるということがなかったから。

「いってらっしゃい」

俺も笑って二人を見送る。

もう忘れました。どうぞあなたも忘れてください、という笑顔で。

手に入らないものを乞うても空しいだけだと知っている。与えられるもので満足するべきだとも知っている。

与えられたものは十分過ぎるほどのものだ。

だから、俺は彼に手は伸ばさなかった。

玄関の戸が閉まるまで、二人の姿を見つめてはいたけれど。

「ご飯食べたら一緒お風呂入ろうか」

「うん！」

握る小さなみゆの手があるだけでも、俺は幸福なのだから。


その日の夜、おばあちゃんは随分遅くなってから戻ってきた。

物音でそれに気づいたので、下りてゆくとお茶を淹れてくれと頼まれた。

「ケーキは？」

「胃が重くなって眠れなくなるよ」

言われた通りにお茶を淹れて座敷にいるおばあちゃんに持って行く。

「はい、どうぞ」

「ありがとうよ」

何となく、俺も自分の分を淹れておばあちゃんの前に座った。

「デートは楽しかったですか？」

何げなく訊くと、おばあちゃんはちょっと考えてから「まあまあだったね」と言った。

「湊は明日から出張だそうだよ。暫く来られないから夕飯は作らなくていい」

出張……。

「社長さんなのに？」

「あれは通販の会社をやってってね。自分で品物を買い付けに行ったりするからしょっちゅうどっかへ行ってるさ」

そういえばバイヤーもやってるって言ってたっけ。

それに初めて会った時は出張帰りだった。

「暫くおばあちゃんに会えなくなるからのデートだったんですね」

「名残《なごり》惜しむほど長いわけじゃないだろう」

「どれくらい行ってるんでしょう？」

「さあねぇ、一日の時もあれば一カ月の時もあったかねぇ」

一カ月。

一カ月も彼の顔を見ることも声を聞くこともできないのか。

寂しいと思っている自分に驚いた。

「湊のとこへ行って、あんたはやりたいことができたのかい？」

訊かれて返事に戸惑った。

「……まだです」

「そんなに恐縮することはないよ。じっくり考えろって言ったのは私なんだから」

「でも、いつまでも仕事をしないでいると、人に色々言われてしまうでしょう？」

「誰が？」

「おばあちゃんが……」

彼女はハッ、と笑った。

「他人の言葉なんざ関係ないね。自分に恥じることがなければいいのさ。私も若い頃は色々言われたよ」

「おばあちゃんが？」

「誰だって、誰かから悪く言われることはあるもんさ。誰にも悪く言われない人間なんていやしない。一々気にしてたらおかしくなっちまう。自分に関係のある人の意見は聞くべきだけど、どうでもいいヤツの言葉なんて無視していい」

「関係のある人？」

「あんたが嫌われたくないと思う人だね」

言われて一番に是永さんの顔が浮かんだ。

「私はもう誰に何を言われても平気。条やみゆに、嫌なババアだと思われても気にしない」

「俺には嫌われてもいいでしょうが、みゆにも？」

「私があんた達を好きだからね。いいかい、あんたのこともだよ、条」

おばあちゃんは念を押すように俺の名を呼んだ。

「あんたをこの家に迎えた時、あんたも私の孫だと決めたんだ」

「……でも血が繋がってないでしょう？」

「だから？　夫婦だって血は繋がってないけど一生一緒にいるし、愛し合って家族になるだろう？　血の繋がりなんて目に見えないものに引きずられる必要はないよ」

家族……。

「おばあちゃんにとって家族って何です？」

その疑問を、彼女にもぶつけてみた。

「悪いことが起きても、この人なら仕方ないかって思える人と暮らすことだね」

「悪いことが優先なんですか？」

「いいことはどんな人とだって共有できる。でも悪いことは好きな人としか堪えることはできない。少なくとも私はね。だから嫌な親でもその嫌なことに堪えられるなら家族、いい親でも堪えられなければ家族じゃない。ただの一緒にいるいい人、さ」

彼女の言葉は胸に響いた。

はっきりと『こうだ』という答えを貰って、それに納得できた。

「いい人も、悪い人も堪えられなかったら？　その人には家族はいないってことですか？」

「『まだ』ね。これから先好きだと思う相手ができて、その人とならどんなことも堪えられるって思うようになるかもしれない。先のことは誰にもわからないもんさ」

おばあちゃんは優しく微笑んだ。

「先に言っとくよ。万が一あんたが人を殺したりしたら、私は怒る。何してるんだって罵倒《ばとう》もするだろう。でももう条は私の孫だからね。手放したりはしないし、嫌いにはならない」

「……人殺しなんかしません」

「万が一って言っただろ。さ、もう遅いからそろそろ終わりにしようか。私はこれから風呂に入るから、続きが話したければ明日にしとくれ」

「あ、湯飲みは片付けますからそのままで」

「そうかい。じゃ、頼んだよ」

自分の分の湯飲みも持って立ち上がり、そこでおばあちゃんとは別れた。

洗い物をしてから階段を上って部屋へ戻る。

一人の部屋だ。

いつもならほっとする空間だった。

いい子でいる必要もなければ暴力を振るう人を恐れなくてもいい。一人でいることは楽で安心できるはずだった。

なのに、いつもと変わらない自分の部屋が妙に寒々しい。

もう秋が深まって、寒さが厳しくなってきたから?

違う。

暫く是永さんと会えないと聞いたからだ。

彼があの夜のことをなかったことにしても、忘れても、気にはしない。彼が以前と同じように側にいて、接してくれるならそれでいい。

でも、いなくなるとは思わなかった。

仕事だし、戻ってくるのはわかってるのに、『会えない』ということが自分から体温を奪ってゆく。

一人でいることが寂しいんじゃない。求めてる人がいないことが寂しいのだ。

「是永さん……」

思わず名前を呟いてから、俺は首を振った。

手に入らないものを嘆いても仕方がない。俺は諦めることが上手いはずだ。

それに二度と会えないわけじゃない。

二度と会えないわけじゃないのに……、ショックを受けていることがショックだった。

数日後、連絡もなく藤沢さんが突然やってきた。

「姉さん、大変。美月に言われて私も気が付いたんだよ。みゆちゃん五歳だろう？　来年は小学校なんじゃないか」

開口一番の一言に、おばあちゃんも驚いた。

「あらやだ、そうだよ。子供が小学校に上がるなんて、とんと昔のことだから忘れてた」

アメリカでは、みゆは小学校の付属の幼稚園に行っていた。

あちらでは大抵小学校入学前の教育としてプレスクール、つまり幼稚園が付属している。みゆの通っていた幼稚園はそのまま付属の小学校に上がるので、特に用意というものを必要とはしなかった。

けれど日本では少し違ったようだ。

今みゆが通っている保育園は、施設で、子供の預かり所のようなもの。

特に勉強を教えるというわけでもないらしい。

小学校に入学する前には、学校で使う上履きという室内履きや授業で使う文房具など色々なものを揃えなければならない。

特に重要なのは……。

「ランドセル買いにいかないと」

ランドセルという小学生だけが使う革のリュックだ。

これはだいぶ前から買っておくべきものらしい。

と言うわけで、我が家は俄《にわか》に忙しくなった。

「勉強机を買わないと。小さい子だからっていうんで、前の時は用意しなかったけど、小学生になるなら必須よ。それから運動靴。ここいらの学区だとどこの小学校なの？」

「知らないわ」

「もう、姉さんたら。ちゃんと調べないと。体操着や上履きは学校指定のがあるのよ」

「息子は前島三小《まえじまさんしょう》だったけど……」

「文房具屋に訊けばわかるんじゃない？」

「文房具屋は去年潰れたわ。駅前に大きなスーパーが出来たもんだから」

「じゃ、靴屋よ。上履き売ってるんだから知ってるでしょ」

「それならアーケードのとこにあるわ」

藤沢さんとおばあちゃんは慌てて買い物に飛び出し、俺はネットで小学校に入学するためには何が必要なのかを調べた。

体操用の服、上履き、紅白帽、文房具に手提げバッグ、給食用の割烹着《かっぽうぎ》なるエプロン。

ランドセル以外はまだ十分に間に合うようだが、買い揃えるものは全て名前を付けないといけないらしい。

しかも学校によって指定があったりなかったりするらしい。

入学前に健診が必要だったり、学校説明会があったりと、親の方もするべきことがあるが、それもまた地域によって差があるらしい。

結局、俺が調べただけではよくわからないので、おばあちゃんの行き付けの青果店の息子夫婦に小学生がいることがわかって、そこに聞きに行った。

「まだ大丈夫ですよ。忙しいのは年を越してからですね。でも揃えられるものは早めに揃えておかないと品薄になるかも」

という青果店の奥さんの忠告に従って、みゆを連れて歩き回った。

「戸籍はちゃんと届けてあるんでしょう？　でしたら役所から入学案内の手紙が来ると思います。みんなそれから用意するんじゃないかしら？　あ、でも年内に健診は済ませた方がいいですよ」

みゆの戸籍のことはよくわからなかった。

書類関係は全てカトウさんに任せていたので。

おばあちゃんはすぐにカトウさんに連絡を取って聞いてみると言っていた。

こんな時、是永さんがいたら……。

あの人なら、すぐに色んなことが調べられただろう。

彼のことを思い出すと、寂しさが募るが、この忙しさで気が紛れるといえば気が紛れた。

「親になるって、大変なんですね……」

大したことはしてないのだが、おばあちゃんと藤沢さんのパワーに負けて、何だか俺も疲れてしまった。

決められたルーティンで淡々と過ごすはずだった日々が、ハリケーンのように目まぐるしくなる。

そうこうしているうちに月が変わり、秋は過ぎてが初冬になっていた。

季節が変わると、また忙しくなる。

衣替えだ。

俺の冬の服はアメリカで着ていたもので十分だったが、育ち盛りのみゆは既にサイズの合わないものが沢山あった。

ここでまた藤沢さんの出番だ。

「コートとマフラーとセーターね。靴や手袋も買わないと」

今までは可愛いだけで選んでいたが、学校に通うならば集団で目立たないようなものがいいというのが藤沢さんの意見だった。

おばあちゃんは自由な人だから、そんなのは気にしなくていいと言うかと思ったのだが、彼女にとって学校というものは厳粛なものらしい。

藤沢さんと同じ意見で、おとなしめの服が買い揃えられた。

この頃になると、俺はもう用済みで、女性二人、いや、みゆを入れて女性三人が忙しく立ち働くばかり。

是永さんから与えられたアンケートはもう打ち込み終わっていたのだが、家に居場所がなくて日中彼の家へ退避していた。

彼はまだ帰らない。

家の中の空気が澱んでゆく。

仕事をするためではなく、空気の入れ替えのために足を運んでいるようなものだ。

働かなくてはならないのに、そちらに頭が向かない。

働いて、ちゃんとした人間にならないと。あの父親の血が流れているのだ、一度落ちたらどこまでも落ちてしまうかもしれない。

そうか、ああなりたくないという気持ちで、自分は頑張っているのかも。

……いや、違うな。

今自分を囲む人達に恥じない人間になりたいのだ。彼等と一緒にいてもいい人間になりたいのだ。

もう一度是永さんに笑いかけてもらえるようになりたい。

手に入らなくてもいい。ただ、前のように普通に接して欲しい。

おばあちゃんの言葉が思い出される。

悪い時でも一緒にいたいと思う人が家族だと言っていた。

コレナガさんと家族になれるわけではないけれど、どんな時でもその人の側にいたいと思うことが『好き』ということなんじゃないだろうか？

だとしたら、俺は是永さんが好きなのだ。

好きだから、何もなかったことにして元通りになりたいのだ。

季節が進む。

彼は帰らない。

嵐のようだった入学準備も先が見えてきてだんだんと落ち着く。

俺はまだ自分の進路が決められず、おばあちゃんに嘘をついてまだやることがあるからと是永さんの家へ向かう。

主のいない家で、少しでも彼の気配を感じたくて。

一人になって、自分の中の真実に向き合う。

寂しい。

是永さんに会いたい。

そんなはずはないと思っていた気持ちが、だんだんと明確になってゆき、終には認めるしかなくなる。

俺は、彼が好きなのだと。

その『好き』は、もう一度彼に触れたい、名前を呼んでもらいたいという『好き』で、彼に恋をしているのだと……。


その日は、朝起きて階下へ向かうとおばあちゃんが誰かと電話をしていた。

「あんたが決めたんならそれでいいんじゃないか？　私は別に気にしないよ」

穏やかな声。

お友達だろうか？

邪魔をしてはいけないと思い、そっとキッチンへ向かう。

「便利かもしれないけどスマホってのはどうもねぇ」

スマホか。

そういえばおばあちゃんは携帯電話を持ってるのだろうか？　使ってるのを見たことはないけれど。

朝食の支度を始めると、もう電話の会話は聞こえなくなった。

替わってみゆが飛び込んでくる。

「おはよう、お兄ちゃん」

「おはよう」

おばあちゃんが電話中だったから、この子も邪魔をしてはいけないと思ってこちらへ来たのだろう。

「お手伝いする」

「それじゃ、スプーンを出して並べといてくれる？」

「スプーン？　お箸じゃないの？」

「今朝はオムライスにするからスプーンね」

「オムライス好き」

みゆは、五歳の子供にしては幼過ぎるのではないかと藤沢さんが心配していた。

だがおばあちゃんは、まだ五歳なんだから個人差だろうと一蹴していた。

何よりみゆは英語が喋れる。頭はいいのだ。

チキンライスを作って、卵で包んでオムライスを作る。

おばあちゃんの好みで、みそ汁も一緒だ。

料理を全て終えて座敷に運ぶと、まだおばあちゃんは電話をしていた。

「いいじゃないか、頼むよ駒子」

駒子……。相手は藤沢さんだったのか。

「ああ、そう。午前中にはそっちに行くから。あんたの好きな風月庵《ふうげつあん》のドラ焼きを買ってくよ。え？　栗きんとん？　まあいいだろう。それじゃ、また後でね」

おばあちゃんが電話を切ったので、「ご飯できましたよ」と声をかける。

「ああ、悪かったね」

「いいえ、藤沢さんですか？」

「電話かい？　そうだよ」

座敷に入ると、みゆがスプーンを握って俺達を待っていた。

「待たせたみたいだね」

その姿を見て、おばあちゃんが微笑んで言った。

「みゆ、今日は保育園はお休みだよ」

「おやすみ？　先生そんなこと言ってなかったのに」

「保育園が休みなんじゃなくて、みゆがお休みするんだよ」

「みゆ元気よ？」

「わかってるよ。今日はおばあちゃんに付き合って欲しいのさ。駒子のおばあちゃん家に行くから」

「美月ちゃんのところ？」

「美月ちゃんはいないけど、会いたいなら呼んでもらってあげるよ」

「会いたい」

「じゃ、そうしようね。条」

名前を呼ばれたので、食事の手を止めておばあちゃんを見る。

「悪いけど留守番を頼めるかい」

「もちろん」

「今夜は泊まりになると思うけど、いいかい?」

「いいですよ。また学校のことですか?」

「まあね、色々大変だよ。それと、湊のとこに運んどいてもらいたいものがあるんだけどいいかい?」

「はい。何を持って行くんです?」

「昨日届いた宅配便があっただろう。あれを持ってって欲しいんだ」

そういえば、昨日受け取った宅配の荷物があったっけ。

すぐに空けることはせず、今も玄関先に置いてあるので珍しいと思っていたが、あれは不在の是永さんの預かりものだったのか。

「ご飯を食べたらすぐに支度して出るから、頼んだよ」

「はい」

どれも特に変わった頼み事でもないので俺は引き受けた。

朝食が終わって俺が片付けをしている間に二人はお出掛けの支度をする。

みゆは、新しく買ってもらった白いコートに袖を通して嬉しそうだった。

「似合うね」

と言うと、にこっと笑う。

「お兄ちゃんもいっしょならいいのに」

「お兄ちゃんは……、お仕事があるんだよ」

俺が誘われないのは、きっとまた女同士の話し合いということだろう。

おばあちゃんが俺をスポイルしないことはもうわかっている。

「出掛ける時は、ちゃんとカギを掛けて出るんだよ。近頃は物騒だから、ちょっと出るだけでも戸締まりを忘れないようにね」

おばあちゃんはまた着物だった。

今日のは淡い紫色の着物で、帯は白だ。

着物も美しいがおばあちゃんも綺麗だった。是永さんじゃないけれど、もっと若かったら俺も彼女に惹かれていたかもしれない。

もっとも、時間は巻き戻らないのでそんなことはあり得ないが。

「じゃ、行ってくるよ」

出掛ける際、玄関まで二人を見送ると、おばあちゃんは俺の頭を軽く叩いた。

「好きなように生きなさい。仕事なんかしなくたって、何をしたって、あんたはあんたなんだから」

俺が進路を決めていないことで悩んでいるのを気遣ってなのか。

「いってきまーす」

「いってらっしゃい」

二人が出て行くと、家は急にシンとする。

キッチンは火を使っていたので温かかったが、玄関先は寒かった。

今年は暖冬らしいけれど、暖房のことを考えないとな。

玄関先に置かれたままの段ボールの箱を見る。

伝票には、中身は衣類だと書かれていた。

「さて、それじゃ俺も出掛けるか」

することがないのなら、是永さんの家で過ごしたい。

上着を羽織って、段ボールの箱を持つ。

箱は大した大きさではなく、重さも思っていたより軽かった。中身が衣類ならこんなものなのかな？

おばあちゃんに注意されたので、ちゃんと戸締まりしてから外へ出た。

天気はいいけれど、空気が冷たい。

季節の変化を感じると、是永さんが出張に行ってからもう半月以上経つんだと実感する。

誰もいないとわかっているのに鳴らすインターフォン。

もしかしたら彼が帰ってきてるかもしれない。それなら心の準備が必要だ。だから、来る時はいつも鳴らすのだが、今日も返事はなかった。

がっかりして、安堵する。

合鍵を使って中に入ると、家の中もひんやりとしていた。

暖房がよくわからないので、上着を脱がずに奥へ入る。

「段ボールはどこへ置いたらいいんだろう？」

玄関先へ置いておくべき？　それともリビングにするべき？

ちょっと悩んでから、俺はリビングまで箱を持って行った。ソファの横に箱を置いて、電話の横にあったメモ帳に『お届け物です』と書いて一枚破る。

テーブルの上にその紙を置き、さてどうしようかと考える。

仕事はないし、今日はおばあちゃん達もいないから、ここでゆっくり過ごそうか？

そう思ってソファに腰を下ろした時、物音が聞こえた。

「何……？」

今のは……、二階から？

ドキドキする。

もしかして、と思う。

そして、その『もしかして』は当たっていた。

「条」

階段の上から俺の名を呼ぶ。

振り向くと、そこに是永さんがいた。

「あ……」

ぶわっと喜びが胸に湧き上がる。

ああ、帰ってきたんだ、と。

同時にどうしたらいいかわからなくて慌てた。

「おかえりなさい。帰ってたんですね？」

平静を装わないと。慌ててはいけない。

以前のように、落ち着いて、友人に振る舞うように接しないと。

「インターフォン、鳴らしたんですよ。いたなら出てくれればよかったのに」

「いるとわかったらお前が中に入ってこないかと思ったんだ」

「そんなこと……」

「昨夜には、もう帰国してた」

「帰国？　どこか海外に行ってたんですか？」

彼はゆっくりと階段を下り、戸惑って立ち上がれずにいた俺の隣に座った。

「アメリカに行ってた」

「アメリカ？　随分遠いんですね」

ドキドキする。

何だろう、この不安は。

「話をしよう、条」

「話すことなんてありませんよ」

「お前になかったとしても俺にはある」

突然彼は俺の手を取った。

「是永さん」

「話をするまで帰さない」

低い声。

真っすぐな眼差し。

どこか怖くて嘘をつく。

「でも家でおばあちゃんが待ってるので……」

だがその嘘はすぐにバレた。

「カチコさんは出掛けたはずだ」

「……見てたんですか？」

「いいや。だが知ってはいる」

確信に満ちた態度。

もしかして……。

「俺が出掛けるように朝一番の電話で頼んだからな。今夜はみゆちゃんを連れてどこかへ泊まってきてくれって」

やっぱり。

会話が長かったはずだ。電話は二回あったのだ。

最初は是永さんから。そして彼の頼みを聞き入れて、次におばあちゃんが藤沢さんに。

「どうしてそんなことを？」

「お前に言い逃れができないようにするためだ。今みたいに、カチコさんやみゆちゃんがどうこうと理由をつけて帰らせないようにだ」

「そんなことしなくても、話があるならちゃんとしますよ」

「本当だな？」

「だから手を離してください」

「それはダメだ。一度逃げられてるから信用できない」

信用できない、という言葉が胸に刺さる。けれどそれ以上に、手を取っていただけの彼がガッチリと指を組んで手を握り直したことの方が、胸が痛んだ。

「是永さん」

「さあ、条。話をしよう」

彼は、もう一度繰り返した。

「俺とお前の話だ」

逃がさない、というように。


「あの夜、俺はお前を襲った」

一番触れて欲しくなかったことを、開口一番言われてしまう。

「襲ったわけじゃありません」

「俺が一方的に抱いたんだ」

「違います。俺が……、誘ったんです。あなたがそうなるように」

握られた手のひらが熱く汗ばんでくる。

「嫌なら逃げるチャンスはいくらでもありました。あなたは俺を押さえ付けたり、暴力的になったりもしなかった。だからあれはあれでいいんです。あの時も言ったでしょう？　俺も男で、処理したいと思っていたから丁度よかったって」

「単なる性欲処理だったのか？」

訊かれて返事が一瞬遅れる。

「……そうです」

「だがしてる最中にはそんなことは言わなかった」

「それは……、そう言ったら……途中で止めてしまうかと思って……」

「止めて欲しくなかったのか？」

今度は返事ができない。

答えないことは肯定になるとわかっていても。

「お前は俺に抱かれることが嫌じゃなかった、と言うんだな？」

「……そうですよ。だからもう手を離してください」

「ダメだ。まだ話の途中だ」

「俺があなたに抱かれたいと思ってた。だから是永さんは謝罪する必要はない。後悔してるなら謝ります。騙すようなことをしてすみませんでした」

言うことを聞いてくれない彼に苛立《いらだ》ってくる。

「後悔はしていない。あの時、俺はお前が欲しかった」

俺が欲しかった……。

「だからお前にとってあの行為が嫌なものでなかったかどうかを聞きたかったんだ」

嬉しい。

あの時だけでも、自分はこの人に求められていたんだ。

もうこれだけで十分だ。

「じゃあ、これでもういいでしょう？　手を離してください」

「いいや」

「是永さん」

彼は間合いを詰め、握っていない方の手で俺の頬に触れた。

反射的にビクリと震えてしまう。

「キスしていいか？」

「……な、何言ってるんですか」

「キスしたいから許可を取ってる」

「……酔ってるんですか？」

「いいや、一滴も飲んでない」

「俺をセフレにしたいんですか？」

「バカかお前は。それとも俺はそんなヤツだと思ってるのか？」

「じゃ、何で……」

「お前が好きだからに決まってるだろう」

胸が……、打ち抜かれる。

部屋の空気は冷たいままなのに、どっと汗が出る。

「俺はな、お前とちゃんと向き合いたい。だから自分のこともお前のこともよく考えてみた。どうしてあんなことになったのか、これからどうするかを」

混乱する。

だって彼は俺なんかを相手にするような人間じゃない。酔って、気の迷いで、その場の雰囲気で手を出しただけのはずだ。

「まず酔っていたとはいえ、どうしてお前を抱いたのか、という問いの答えはすぐに出た。俺がお前を好きだからだ。抱きたいと思うほどに」

「嘘です」

「嘘じゃ男は勃たない」

「一時の気の迷いでもエレクトぐらいします」

「男のお前に？」

「あなたゲイでしょう？　女性は苦手だと言ってたじゃありませんか」

今度は彼が言葉に詰まった。

「……なるほど。そこまでわかってて誘ったか」

「そうですよ。だから……」

「じゃあどうして誘った？　自慰《じい》行為の延長か？」

「……そうです」

「違うな。だったら黙って帰ったりしなかったはずだ」

「騙して後ろめたかったんです」

彼は不機嫌そうに口元を歪めた。

「もういいでしょう。手を……」

「わかった。そうまで言うならこっちを先にしよう。条、俺と結婚しよう」

「……はあ？」

驚いて、思わず大きな声が出る。

「俺はお前が好きだ。お前を手元に置きたい。次は最後までしたい。だから結婚しよう」

「日本は同性婚は認められていないでしょう。第一、あなたおばあちゃんにプロポーズしていたじゃないですか」

「地域によってはパートナーを認めてくれてるところもある。だがまあ結婚はわかりやすく伝えるためだ。ずっと一緒にいようって気持ちを表現するために。カチコさんにはプロポーズを撤回もしたし、お前が欲しいとも伝えてある」

え……？　おばあちゃんに？

「今朝の電話でそんなことまで……？」

「いや。話したのはもっと前だ。俺がアメリカへ行く前、彼女をデートに誘っただろう。あの時、俺が何をしたか、何を考えてるかを全部話した」

「そんな……！」

俺の浅ましさをおばあちゃんに知られていた。

そのショックで、涙が溢《あふ》れる。

あの場所が好きだったのに、おばあちゃんやみゆが好きだったのに、もうあそこにはいられなくなってしまう。

「条」

俺の涙を見て慌てたのか、彼の手が離れ、両腕でしっかりと俺を抱き締めた。

「泣くな。カチコさんには俺がお前を襲ったと言ってある。条が好きで我慢ができなかったと。だからお前と付き合うことを許して欲しいと頼んだんだ」

「だって……、おばあちゃんは……」

あの夜、帰ってきてから彼女は何て言っていた？

思い出せない。

家族の話をして……、自分の好きなようにと言ったのか？

「本気なら許すと言われた。だが同時に、条の全てを知らないのに色恋だのボケたことを言うんじゃないとも叱られた」

今日まで、おばあちゃんの態度は変わらなかった。

だから彼女が知ってるなんて思いもしなかった。

「いい子を演じてるお前だけを見て好きだと言うなら、それは幻想だと。本気で条を愛するなら、お前の全部を知ってこいと言われて、俺はアメリカへ行ったんだ」

「え……？」

「向こうで、ロバート・カトウ弁護士にも会ってきた」

「そんな！」

知られたくなかった過去が、頭の中にどっと溢れてくる。

この人はどこまで俺のことを知ったんだ？

「はっきり言う。条が学校に行けなかったことも、両親がろくでなしのジャンキーだったことも、親に売春を強要されてたことも、全部聞いた。宇垣さんに引き取られてから熱心に勉強し、献身的にみゆちゃんの面倒を見ていたことも聞いた」

カトウさんは、いい人だった。

宇垣の両親も。

でも中には俺を受け入れない人もいた。

あんな親の子供だから、身体を売って金を手に入れることを覚えた人間だから、きっといつか悪いことをするだろうと宇垣の両親に囁く者も。

日本人は潔癖で、汚れたものを許さないのだと思った。汚れた者の血縁も、許してくれないのだと。

だから、誰にも何も言えなかった。

おばあちゃんにも知らせていなかった。

「おばあちゃんは……、俺のことを知ってたんですか……？」

「全部知っていた。知った上で、お前は自分の大切な孫だと言い切ってた。俺ごときに簡単には渡せない、とな」

……おばあちゃん。

「条が見せなかった、見せたくなかったものも全部見てきた。お前がバイトしてたっていうダイナーの黒人女性にも会った」

「……マギー？」

「そうだ。お前のことを心配してた。お前が両親と暮らしていたアパートも見た。宇垣さんの家も見てきた。条、俺は全部見てきたんだ。だからちょっと時間がかかったけどな」

全部……。

「その上で言うんだ。結婚しよう。俺と家族になろう。俺はお前を幸せにしたい。お前に幸せにしてもらいたい。その寂しげな瞳に喜びを与えたい」

ゆっくりと、彼が離れる。

俺の顔を正面から見て、真剣な声で言った。

「お前を愛してるんだ」

「……嘘だ」

信じられなかった。

こんなこと、自分に起きるはずがない。誰かが自分を愛して、求めてくれるなんてあり得ない。

「俺の境遇を知ったから、同情してるだけです」

「お前を抱いたのはお前の境遇を知る前だぞ」

「あれは気の迷いで……」

「性欲の処理なら他にいくらでも相手はいる。俺はお前と違っていい男なんだから、相手が見つからなかったなんてことはない」

「でも……、でも……」

「他にどんな言葉が必要だ？　欲しい言葉は全部やるぞ」

「だって、あなたが俺を好きになる理由がない……！　血の繋がりがあるからも、不幸で可哀想だからも、何もないじゃないですか」

「血の繋がりはないな。あったらそれはそれで躊躇《ちゅうちょ》するが。不幸で可哀想だとは思う。だがそれは過去のお前に対してだ。今俺の目の前にいる条は、ただ愛しい」

そんなことあるわけがない。

「親に虐待されて、自分が幸せになることなどないとでも思ったか？　だとしたら大きな間違いだ。誰にだって、どんな境遇にあったって、幸せになる権利も愛される権利もある。俺は条が頑張る人間だと知っている。欲がなく、謹《つつし》み深い人間であることも。臆病で、寂しがりやで、色っぽいことも知ってるな。笑っていても日が悲しげで、心から笑わせたいと思うようになった。お前が笑う理由が自分ならいいのにと思った。そして……」

彼は照れたようにポリポリと鼻を掻いた。

「その身体に触れて、啼《な》かせてみたいとも」

「……初めてじゃありません。アナルに受け入れたこともあります」

「望んだわけじゃないだろ？　だったら暴力と一緒だ」

「でもエクスタシーはありました。射精しましたから」

「……そう言えるところがアメリカ人だな」

「俺は慎み深くなんかないです」

「何もかも忘れろ。俺以外のことを考えるな。その上で、俺が好きかどうかを答えろ。俺に抱かれてもいいか、俺と暮らしてもいいか、を」

是永さんを好きかどうか。

この人と暮らしたいかどうか。

そんなものは決まっている。

「……好きです。会えなくて……寂しいと思うくらい。一緒に暮らすことまで考えたことはなかったけれど、側にいて欲しいとは……」

「よし」

大きな手が、乱暴に俺の頭を撫でる。

「よく言えた。確かに聞いたぞ」

「是永さん……」

俺を子供扱いしてるのかと思ったが、そうではなかった。

「それなら、俺がお前を抱いても問題はないな？」

顔を覗き込むように問われて、俺は頷いた。

「……あなたができるなら、最後までして欲しい」

言わない方がよかっただろうか？　ストレートな言葉で失望させただろうか？

是永さんが目を逸らす。

「あの……今のは……」

前言を撤回しようとした口が、彼の唇で塞がれる。

「せめて夜までは我慢しようと思ってたのに。俺の努力を無駄にしたな。やっぱりカチコさんには離れといてもらってよかった。このままお前を帰さなかったら何を言われてたか」

もう一度、唇が重なる。

「俺ができるかって？　やりたいって言ってるだろう。今すぐ俺の本気を見せてやる」

俺の手を取り立ち上がった是永さんを見て、この人は本当に鷹揚《おうよう》で包容力のある大人で、単純な子供なんだなと思った。

そして、嘘や芝居のない人なんだなと……。

階段を上る時も、部屋に入る時も。ベッドに座るまで、是永さんは俺の手を握ったままだった。

手を繋ぐなんて、久しぶりだ。みゆとぐらいしかしなかったんじゃないだろうか。

しかもさっき下でもずっと握られていたせいで、俺の手は汗で濡れていた。

それが恥ずかしくて、早く手を離して欲しかったが、せっかく繋いだ手が離れるのは寂しいという気持ちもあった。

是永さんの寝室は、あの夜とは変わらない。

大きなベッドと枕元のライトと小さなテレビ。あの小さなテレビは一人で眠るのが怖い時につけていたのかな？

あの夜と違うのは、カーテンが開けられて初めて存在に気づいた大きな窓から差し込む日の光だろう。

酔った彼を介抱するために入った部屋と、彼に望まれて連れてこられた部屋と、自分の気持ちが違うからかもしれないが、全く違う部屋のようにも見えた。

並んで座ると、是永さんはふっと失笑した。

「何です？」

何か変なことをしたかと不安になって訊く。

「いや、俺達はみんな完璧な家族じゃなかったんだなと思って」

「完璧な家族？」

「俺は両親は生きてるがお互いの存在を捨ててる。お前とみゆちゃんは両親を亡くしている。カチコさんは旦那と息子夫婦を亡くしている。みんな最初に与えられた『家族』は壊れて失ってしまった」

確かにそうだ。

「だが、こうしてまた集まって、一つの家族を作ることができた」

「家族、ですか？」

「お前は気にしていただろう？　家族って何かって」

「気にしていたわけじゃ……」

「今も、人それぞれだと思ってるが、俺にとっては側にいて、何かしてやりたいと思う相手と暮らすことが家族だと思う。だからお前もカチコさんも俺の家族だ」

「……おばあちゃんは、嫌なことでも堪えられると思える相手が家族だと言ってました」

「条は？　まだわからないか？」

「俺は……、自分を求めてくれる人と暮らしたい。血の繋がりがあるからとか、可哀想だからとか、戸籍に入ったからとか、『そういうものだから』という理由じゃなくて、俺を見て、俺が必要と思ってくれる人と一緒にいたいです」

見て欲しかった。

両親は俺を見ていなかった。部屋に転がる生き物とか、金を運んでくる者としか見ていなかった。だから怪我をしようが飢えていようが気にしなかった。

俺はここにいる。ちゃんと俺を見て。

そう思っていたのだと、今気が付いた。

「俺を見てください」

是枝さんを見つけてお願いする。

「あなたの好きなカチコさんの孫じゃなくて、親に虐待された可哀想な子供じゃなくて、ここにいる俺を見てください」

彼の手が、俺の頬に触れる。

「見てるさ。目が離せないほど」

見つめ合った顔が近づいてキスされる。

もうキスしていいかとは訊かれなかった。

「カチコさんの孫も、可哀想な子供も、条の一部だから無視はできない。だが俺が欲しいのは、今ここで寂しい目をしている条だ。カチコさんの孫になら誰でも欲情するわけじゃない。可哀想な子供なら誰にでもキスしたいわけじゃない。お前だからだ。それでいいか？」

「……はい」

目の前で、彼が笑った。

子供のような笑みだった。

俺は上手く笑えなくて、ただ目を閉じた。

肩に手を置かれ、もう一度されるキス。

挨拶のような軽いものではなく、肉感的な深いキス。

舌は口の中で器用に動いて俺の舌を搦《から》め捕った。

俺が応えると、二匹の生き物が交わるように、互いの舌が絡み合う。

呼吸はできている。

まだ何をされたわけでもない。

なのに息が上がる。

合わせた唇の間から零れる呼吸が荒くなる。耳に届く呼吸音が、自分が飢えているのだと教えた。

キスしたかった。

いや、彼に求められたかったのだ、と。

長く激しいキスの終わりは唐突で、是永さんの唇と手が離れる。

「あ……」

名残惜しむ声が漏れると、彼は笑った。

「服を脱ごう。風呂に入りたいか？」

「いいえ。その間にあなたにその気がなくなるのが怖い」

「そいつは凄い誘い文句だ」

目の前で、彼がシャツを脱ぐ。

この間は上半身は着たままだったのでわからなかったが、是永さんの身体は筋肉質の引き締まったものだった。

「鍛えてるんですか……？」

思わず胸筋《きょうきん》に触れる。

「三十過ぎると肉がダブつくのが早いからジムで鍛えてる」

「自分の身体が貧弱で、脱ぐのが恥ずかしいです」

「身体の見た目が目的じゃないから気にするな」

言われて着ていたTシャツを脱ぐ。

特に運動したわけではなく、子供の頃に栄養が足りなかった俺は、筋肉というほどのものが付いていない。

是永さんはじっと俺の身体を見つめた。

骨が浮くほど痩せてはいないが、目の前の肉体に比べるとどうしたって貧弱で恥ずかしい。

「訂正しよう」

やっぱり見た目が悪い、と言われるのかと思ったら逆だった。

「見てるだけでそそられる。見た目も目的に入れよう」

「……気を遣わなくても」

「俺がそんなことに気を遣うタイプに見えるか？」

「見えないですね」

「その通り」

俺がしたように、彼の手も俺の胸に触れる。

「ほっそりとしてしなやかな印象だ。焼けてない肌に色の薄い乳首が可愛い」

言いながら彼が乳首に触れる。

それだけで、身体がビクンと震えた。

「経験はあっても、開発はされてないみたいだな。過去のセックスは楽しかったか？」

それが何を意味するかわかったので、首を振った。

「早く終われ、と思ってました。怖かったりので。でも射精はしたから快感はあったんだと」

「その気がなくてもエロ動画を見ればそれなりに反応するのと同じ程度だろ。ただの肉体的反応に過ぎない。俺が上書きしてやろう」

「上書き？」

「俺とするのは気持ちよくて、いつまでもしていたいってな」

「上手いんですか？」

「上手いかどうかはお前が決めろ。だが奉仕タイプだ」

軽く押されてベッドに倒される。

彼はすぐに俺のズボンに手をかけた。

ファスナーを下ろし、下着を下ろし、中から俺のを握って引き出す。それもまた大したモノではないので、恥ずかしい。前の時に、彼のご立派なのを見てしまっていたから。

「あ」

見られてるのが恥ずかしいと目を逸らせた瞬間、彼が身体を折って俺のモノを口に含んだ。

敏感な場所が、ぬるりとした温かい感触に包まれる。

「是永さん……、そんなこと。……俺がします」

自分の股間に彼の頭がある、というビジュアルだけで腰が疼く。外的な刺激を受ける前に、勃ち上がってゆくのがわかる。

「奉仕タイプと言ったろう？　まず一回出しとけ」

硬くなった俺の根元を掴んで、先がすっぽりと呑み込まれる。

咥《くわ》えた口の中で、先が舐《ねぶ》られる。

「あ……」

性的な刺激に弱いはずではないし、そういうことを望んでもいなかったのに、彼が先の割れ目を舌でこじ開けると全身に鳥肌が立つほどの快感が走った。

「ぁ……、だめ……っ」

今日は『だめ』と言っても、『止めて』と言っても、途中で終わりにはされないだろうという安心感から声が出る。

「あ……っ、や……っ」

途中で終わりにされるどころか、彼の愛撫は執拗なまでに続けられる。

我慢できずに先から溢れても、それを舐《な》めるようにして愛撫が続く。

「離れて……、もう……っ」

「出していいぞ」

「飲む……ん……ですか？」

「そこまでは」

そこで笑わないで欲しい。震えが響く。

「……っ」

我慢出来なくて、膝を立てて身を縮める。

すると彼は先に軽く歯を当てて噛んだ。

「……アッ！」

痛むほどの力ではないけれど、その刺激で俺は射精してしまった。

「……ごめんなさい、口に……」

身体を起こして謝罪を口にしてる間も彼はソコを吸い上げ、右手で俺を制して無言のままベッドを下りた。

周囲を見回してから、もう一度俺を振り向いて手を上げ、部屋から出て行った。

……吐き出すティッシュがなかったのか。

そう思ったのは、すぐに戻ってきた彼の手に、ティッシュボックスがあったからだ。

「条がちゃんとその気になってくれて嬉しい」

ティッシュボックスをサイドテーブルの上に置く。

他にも持ってきたものを横に並べた。

コンドームとオリーブオイルのビンだ。

それから目の前で服を全て脱ぎ捨て、全裸でベッドに戻った。

俺も脱いだ方がいいのかと、下着とズボンを脱いでベッドの下へ落とす。

「今日は挿入れる」

宣言してまたキスされる。

「いいな？」

「……はい」

してもいいどころではなく、期待していた。

彼が経験者なら、それが簡単にできるものではないことはわかっているだろう。だからこそのコンドームとオイルだ。

子供の頃に受け入れたことがあるとは言っても、慣れているわけではない。未開発の身体を使うということは容易なことではないだろう。

簡単にできるからする、ではなく。簡単にできなくてもする、という宣言。それは『俺』だからする、と言われたような気がした。

「脚、開いて」

仰向けに完全に寝っころがるのは無防備な気がして、ズボンを脱いだついでにベッドヘッドの方へ移動し、上半身が枕の上に乗るようにしてから膝を立てて脚を開く。

自分の下半身が全て彼の目に晒《さら》されていることを意識すると、触れられてもいないのに反応してしまう。

視姦《しかん》というのはこういうことを言うのだろうか、変化に気づいた是永さんがにやにやしながらソコをじっと見つめていた。

男同士なのだから別に恥ずかしがることじゃないはずなのに、恥ずかしくてだんだんと膝を閉じる。

「なんで閉じる？」

「恥ずかしいです」

「それは嬉しい」

「嬉しい？」

「意識されてるってことだからな」

彼の手が膝頭を捕らえ、大きく開く。

「……う」

隠した時より更に頭を擡《もた》げているモノに、彼がキスを贈る。

また咥えるのかと思ったが、広げさせると満足したのか手を離し、身体も起こす。

「見るの、好きなんですか？」

「嫌いじゃないが、今は見るだけじゃ満足しないな」

コンドームを取って封を切り、半勃ちの俺に付ける。

「布団を汚すのを気にしていたから、これで安心だろう？」

もう一つ取ったコンドームは彼自身には付けられず、指に被せた。

オイルのビンを取って、その上に中身を振りかける。

「うちでしないんでな、用意がない。今日はこれで我慢してくれ」

その言葉が俺に与えてくれる喜びを、彼は理解しないだろう。

是永さんが、相手がいた時にもここには呼ばなかった。あの夜ベッドに俺を入れたのは『特別』だったという言葉が真実だったと証明する言葉だと、気づいていないみたいだから。

是永さんが、身を乗り出して顔を近づける。

舌を出して、俺の唇を舐める。

彼の身体に隠された下半身に、濡れたものが触れる。

オイルをまとった指が、入口にオイルを塗るように動く。

「あ……」

感じてしまうと、反射的に膝が閉じた。

彼の身体が邪魔をするから完全に閉じることはないが、まるで膝で彼を捕らえているようになる。

咬みつくようにされるキス。

唇はすぐに離れ、迎えようと開いた口の中に舌だけを差し込む。

舌は唇を起点に動き、頬や首、肩を濡らしてゆく。

下肢《かし》では、指がずっとそこを弄っていた。

周囲をなぞり、指先を少しだけ入れて、それ以上進めないとわかると引き抜かれる。

「ん……」

キスも、下肢への愛撫も、中途半端でもどかしい。

暴力的にして欲しいというわけではないけれど、もっと強引に奪われたい。俺が欲しくて堪らないと、態度で示して欲しい。

「あ……」

耳を噛まれ耳たぶを舐められる。そのまま首筋をツーッと滑っていった舌が胸にたどり着く。

もう膨らんでいた突起も、含むのではなく舌先だけで嬲《なぶ》る。

「あ、あ、や……っ」

彼の指がある場所がヒクつく。

「是永さ……、前も……」

触って欲しい。

「まだだめだ。自分でも触るな」

「でも……」

「我慢しろ」

命令され、行き場をなくした手はシーツを握るしかない。けれど、爪の先が痛くなるほど強く握っても、焦燥感はごまかせなかった。

焦らされている間に、自分の中の欲望がどんどんと強くなってゆく。

して欲しい、という気持ちが膨らむ。

それを期待して自分でするなと言ってるんだろうか？

入れたり出したりを繰り返していた指が、オイルの力を借りてかだんだんと深く侵入してくる。

違和感はあるけれど、まだ指だから痛みはない。

「是永さん……、お願いです……、一回イかせて……」

終に堪えられなくなって、懇願《こんがん》した。

意地悪されるかと思ったが、「わかった」と返事がもらえた。

コンドームの上から彼が俺のモノを握る。

ぬめりのあるゴムは彼の手の動きを滑らかにするので、強い力で根元から上へと素早く何度も扱かれる。

「あ……っ、ん……っ」

「イク時は言え」

「も……、もう……、イク……ッ！」

彼を挟んでいた膝に力が入り閉じようとしたから、言葉だけでなく彼に射精のタイミングが伝わったのだろう。

「ああ……っ！」

指が、今まででで一番奥へグッと差し込まれる。

思わずのけぞって声を上げ指を締め付けた。

「や……」

出したはずなのに、中にある指のせいでジクジクとする。

自慰では射精すればそれでスッキリしていたのに、まだ快感が残っているようだ。

「あ……、あ、あ、や。中……っ。変……っ」

残っている指が中で動く。

イッてるのに。

終わってるのに。

異物がまた俺を混乱させる。

イッたばかりの先端を、自分が出したものと一緒にグリグリと押されて鳥肌が立つ。

「若いな。もう硬くなってる」

だってあなたが触るから。中が動くから。

「もう一回出すか？」

「も……やだ……。俺だけなんて……。されたい、抱かれたいんです……」

声に出してねだる。

「俺が欲しいって……。俺が必要って……思わせて……」

「まだ硬い」

ココが、というように指がまた動いた。

「ひぁ……ッ！」

「痛むぞ？」

「いい……。あなたがくれる痛みなら」

「そうまで言われちゃ我慢はできんな」

ずるっ、と指が引き抜かれた。

「あ」

それがまた快感に繋がる。

「俯せになれ。尻を高く上げて」

どういう体勢にして欲しいかわかるから、言われた通りにする。

枕に顔を埋《うず》め、以前見た猫のごめん寝ポーズのような格好になってから、尻を上げる。

彼が、手を伸ばして新しいコンドームを取るのが見えた。

今度は、彼自身に付けるためだろう。

支度をする気配に胸が高鳴る。

セックスを望むのではなく、是永さんが自分を欲してくれる。他の誰でもなく自分を求めてくれるということに昂揚《こうよう》する。

「条」

名前を呼んで、手が背を撫でる。

「緊張するな」

そのまま前へ回って、胸を弄る。

身体がぴったりと添ってきたけれど、挿入れられはしない。

「緊張すると硬くなる」

「でも……」

「怖いか？」

「いいえ」

その言葉は即座に否定した。

「早く欲しいくらいです」

「ホントにお前はストレートだな」

「……嫌ですか？」

「いや、いい。俺に流されてるんじゃなく、お前が俺を欲しがってるんだと思うとゾクゾクする」

同じ感覚だ。

是永さんも、必要とされたいんだ。

「過去に……、何人も相手にしましたけど、自分から望むのは初めてです。堪えなきゃならない暴力が早く終わらないかと待つのじゃなくて、気持ち良くして欲しくて待ってるのも初めてです。それくらい是永さんが欲しいんです」

無言のまま愛撫が続く。

硬い彼のモノが内股に当たる。

指は胸を引っ掻いたり摘まんだり、押し付けてグリグリと回したり、さまざまな刺激を与えてくる。

さっき指を入れられた身体の奥が疼く。

「は……ぁ……、あ……」

どうして、何も言ってくれないんだろう。

過去に何人も相手にしたなんて、余計なことを言ったかな。でもそのことはもう知られていたし、その連中とあなたは違うって言いたかったのに。

「ン……」

喘《あえ》ぐ自分の声だけが部屋に響く。

彼自身ではなく、何もまとっていない指がまた中に入ってきた。

「あ……」

周囲に残っていたオイルが指で中に送り込まれる。

「条」

耳元で、やっと彼がまた俺の名前を呼んでくれた。

「俺がお前に目を引かれたのは、笑っていても目の奥に寂しさが残ることに気づいたからだ。お前の生い立ちを聞いて、自分の子供の頃のように傷ついてるのだと思って、手を貸したくなった。だがお前は俺と違って、強かった」

声が続く。

愛撫も続く。

「強いのに、まだ寂しさを残しているから、『助ける』のではなく、その寂しさを消したいという『欲』が生まれた。条を、俺が何とかしてやりたい。見えないお前の辛い過去と戦って勝ちたい。自分より強いのに弱みを見せている条を支配したくなった。手元に置きたくなった」

懺悔《ざんげ》のように言葉が続く。

「俺には他人を支配する趣味はないのに、どうしてそんな気持ちになるのかわからなかった。

だが、あの夜、お前に触れてよくわかった。俺の望む支配とはこういうことだった。お前を、俺で啼かせたい、踊らせたい」

指が抜かれる。

胸を弄っていた手が離れる。

両手で腰を取られ固定される。

「これを愛と呼んでいいだろう？」

先が当たった。

上手く入らないのか、片方の手が腰から離れてその補助に回ったようだ。

「お前を傷つけた男とのセックスを、相手が俺なら待ち望むと言われた時、勝ったと思った。思ってしまったことが浅ましかった。それでも、喜びは止まらない」

グッ、と彼が肉を割って入ってくる。

「……ア…ッ！」

指で十分にほぐされていても、オイルで濡らされても、抵抗はあったし痛みもあった。

けれどそれは是永さんが与えてくれるものだと思うと、嬉しかった。

もっと、もっと奥まで。

あなたが満足するまでして欲しい。

息を合わせて、少しずつ彼を呑み込む。

入口での抵抗が嘘のように、内側は彼を包み込む。

突き上げられる度、奥が開かれる。

「あぁ……」

まだ入ってくるのか、それともゆっくりとしているのかと思うほど、何度も突き上げられて進まれる。

苦しい。

「あ……、あぁ……」

彼が、何かに突き当たる。

でもまだ侵入している。

こんなだったっけ？

消えかかっていた過去の記憶では、一気に貫かれて、ただ痛いだけだった。前を弄らせてやって射精したくらいだった。

排泄物《はいせつぶつ》が溜まってるみたいで気持ち悪くて、射精できない時もあった。

「アア……ッ！」

突き当たった奥を破って、更に彼が進む。

その瞬間、自分が漏らしたのがわかった。完全な射精ではないけれど、零れてしまった。

「痛いか……？」

少し。

でもその一言も言えない。

「痛かったら手を上げろ」

言われて、俺はシーツをきつく握った。手なんか上げない、というように。

「じゃ、動くぞ」

彼が動く。

さっきまでは離れていた身体が密着して、一緒に揺れる。

あ、全部入ったんだ。

繋がったまま、彼が俺のモノを握る。

「ン……ッ」

頭がくらくらする。

閉じた瞼《まぶた》の裏が真っ白に光ってる。

中の彼と、受け入れてる自分の入口が、一緒に脈動する。

「……い」

動く彼が内側で何かを擦った。

ゾクッとして力が入る。

「ここがいいか？」

もう一度同じ動きをされて、ビクンと跳ねてしまう。

「……いいようだな」

是永さんは動くのを止めて、俺を抱き締めた。

いや、止めたのではない。抱き合ったまま腰だけを動かして俺が反応した場所に当ててくる。的確に当たるわけではなかったが、何度かは同じ場所に当たった。

その数回でも、快感を生む。

「ひ……ぁ……。あ……、い……」

全身がビリビリしていた。

密着してくれていてよかった。感覚が鋭敏になって、シーツが擦れるだけ、指が肌を滑るだけでもゾクリとするから。

でももうダメだ。

「い……」

内側からも外側からも快感が染み込んできて、俺を侵してゆき、溶けてしまいそうだ。

「……イク……。イかせ……。あ……ッ！　そこ……っ！」

もう一度彼に突かれて、俺はイッた。

同時に彼が抜けてゆくから、ドサリとベッドに突っ伏す。

肩で息をし、涙目で是永さんを振り向くと、優しくキスされた。

「こんなの……初めて……です。まだゾクゾク……してます」

「陳腐なセリフだか、言われると嬉しいもんだな」

額にかかった髪を、指が取り除く。

「まだいけるか？」

「まだ……？」

「俺はイッてない。今のは奉仕だ。お前に俺で快感を与えたかっただけだ。今度はボロボロにするかもしれないが、俺に快感を与えてくれ」

もう一度今のを繰り返す？

今よりもっとハードに？

「望むところ……です……」

手を伸ばして彼の脚に触れ、撫でた。

「でもその前に、お願いが」

「何だ？」

「俺のコンドームは替えてください。もう用をなさないので……」

二度目は、最初の時よりも早く彼を呑み込むことができた。

そして彼も射精した。

一度風呂に入ろうと、歩けない俺を抱き抱えて階下に下り、三度目はバスルームでした。

その後も溺れるように抱き合って、何度もキスして、裸のまま過ごした。

空腹で、二人同時に腹の虫が鳴るまで。

それからようやく身なりを整え、デリバリーの夕食（になってしまった）を食べながらこれからのことを話し合った。

自分達のこと、おばあちゃんのこと、みゆのこと。

それは長い、長い話し合いだった。

翌日には二人揃ってその結果をおばあちゃんに報告するつもりだったのに、俺が熱を出して動けなくなってしまったので、保留となった。

多分、下肢が傷ついてしまったせいだろう。

自分では受け入れたつもりでも、身体には無理があったのだ。

おばあちゃんには是永さんが連絡を入れ、もう一日彼が預かると伝えた。

その間に、是永さんは必要なものを取ってくると出掛け、その夜はお互い別の部屋で休むことにした。

隣で寝てると、どちらも我慢が利かないだろうと思ったので。

そして更にその翌日。

まだ少し歩きづらい身体で戻る宇垣の家。

みゆは保育園に行って留守だった。

というかその時間帯を狙ったのだが。

玄関先で迎えてくれたおばあちゃんは仁王立ちで俺達を睨んだ。

「サルじゃないんだよ。話し合い即まぐわいってことがあるかい！」

「いや、カチコさん、もうちょっと言葉を……」

「『まぐわい』って何ですか？」

「セックスだ」

質問に答えたのは是永さんの方だった。

「喋ったんですか？」

それは流石《さすが》に恥ずかしいと思ったのだが、話したわけではなさそうだ。

「熱出して寝込んで、その理由が言えないってんならそうだろう。本当に、条はともかく、湊はいい大人だろ。自制心って言葉はどこへやっちまったんだい！」

おばあちゃんの言葉に、是永さんはちょっとドキッとするような男前の顔で笑った。

「その自制心がフッ飛ぶくらい、条に惚れたってことだ」

その言葉で、おばあちゃんの怒りは引っ込み、替わって呆れたという表情になった。

「いいだろう。話があるって言うから待ってたんだ。さっさとお上がり。茶なんか出さないからね」

「あ、俺が……」

「いいからさっさとおいで」

おばあちゃんは先に座敷へ消え、俺は是永さんの手を借りながら奥へ進んだ。

お茶は出さないと言ったけれど、お茶の支度が整っていたテーブルを挟んで、おばあちゃんと俺と是永さんの二人が向かい合う。

「飲みたきゃ自分で淹れな」

と言うところがおばあちゃんらしい。

「で？　話ってのは何なんだい？　条は湊の家に引っ越すのかい？」

彼女の声はもう落ち着いていた。

きっとこの三日間、色々と考えたのだろう。

「いいえ、俺はこの家にいます。もしおばあちゃんが許してくれるなら」

「許すも何も、あんたは私の孫だし部屋もあるんだから、居たいだけ居りゃいいだろう。でもいいのかい？　そこの唐変木《とうへんぼく》が好きになったんだろう？」

トーヘンボク……。またわからない言葉だ。でもあまりいい意味ではなさそうだな。

「この家には男手があった方がいいですし、みゆがもう少し大きくなるまでは見守りたいんです。宇垣の両親への恩返しの意味もありますけど、俺自身がみゆが可愛いので」

「あんた自身が望むんなら、そうするといい。みゆも懐いてるから。それじゃ、話っていうのは付き合います宣言だけかい」

「いや」

是永さんが否定して、二枚の紙を取り出し、おばあちゃんの前に広げた。

「……何だいこりゃ？」

「婚姻届と養子縁組の書類だ」

意味がわからない、というようにおばあちゃんが書類を手に取る。

「カチコさん、俺と結婚してくれ」

「はぁ？　あんたは条が好きで……」

「条が好きだから、あなたと結婚したいんだ」

一瞬、その顔にまた怒りが浮かびかけたが、すぐに立ち消えた。

「どういうつもりだか、話してごらん」

こういうところが、おばあちゃんはすごいと思う。

彼女は本当の意味での大人なのだ。

「今のところ、俺と条は赤の他人だ。もし何かあっても、側にいることもできないし手助けしてやることもできない」

それは、彼がおばあちゃんに抱いていた心配と同じことだった。

長い話し合いの中、彼は家族という制度の理不尽さについて語った。

自分は両親を嫌いでも、自分に何かあったら一番に連絡がいくのは両親にだろう。だが自分が側にいて欲しいのは条だ。

両親より先に条に連絡が入るようにするためには家族にならなければならない。

同性婚を認める地域があると言っても、それは法律上のものではない場合が多い。日本では社会的に認めてやる、という程度のものらしい。

だから、同性愛者は結婚の代わりに養子縁組をすることが多い。

最初は是永さんが俺を養子にすると言った。

だが俺は宇垣の名前に未練があった。

津田から宇垣に変わる時には何とも思わなかったが、宇垣の両親が自分を迎えてくれたという証しが消えることに抵抗があったのだ。

すぐに喜びを見せなかった俺に気づいて理由を尋ねてくれたから、正直にその思いを口にした。

すると次に考えたのがおばあちゃんと是永さんの結婚だ。

これで俺と是永さんは祖父と孫ではあるが親族となる。俺に宇垣の名前も残る。

「だから結婚して欲しい。このことは条も納得している」

「私は納得しないよ。結婚ってのは神聖なもんだ。あんたが条を好きなら、余計に他人に『妻』という名を与えるもんじゃない」

「……そう答えるのも織り込み済みなんで、もう一枚の紙だ。カチコさん、俺を養子にしてくれないか？」

「あんたを？　私は今独身だよ？」

「特別養子縁組だと養い親は夫婦でなけりゃいけないが、普通養子縁組なら片親でも大丈夫なんだ」

もしそうなったら、今度は俺と是永さんは甥と叔父《おじ》になる。

「カチコさんも知ってるように、俺は是永の家に未練はない。両親も、フランスへ渡ってから一度も日本に帰ってきていないほど俺を必要としていない。長年世話になってるカチコさんの子供になりたかったんだ、と言えば理由は納得するだろう」

「今更私に子持ちになれって？」

「今すぐに決めなくても構わない。でも俺達がそれを望んでいることを知って欲しい」

「俺達って……、条、あんたもかい？　このバカに押し切られたんじゃなく？」

視線がこちらに向いたので、俺は頷いた。

「はい。俺も是永さんと一緒です。宇垣さんが里親として引き取ってくれても、俺の両親はクズの両親でした。でも宇垣さんが養子にとってくれて、やっと俺は過去と決別して新しい人生が歩めるようになったんです。たかが紙切れ一枚なのに、人が決めた法律なのに、ダメなものはダメと言われてしまう。もし彼に何かがあっても、今のままじゃ俺もおばあちゃんも『他人』なんです」

「……確かにそうだろうね」

「もし是永さんの両親がちゃんとした人なら、それでも我慢できたかもしれません。でも話で聞いている限り、是永さんが倒れても『勝手にして』と言いそうな人達に彼を譲りたくないんです」

おばあちゃんは俺と是永さんを交互に見つめ、手元にある書類をじっと眺めた。

ダメだろうか？

彼女は亡くなった旦那さんを愛しているから、他の人と書類上だけでも結婚なんてできないと言うだろうか？　それなら養子は？　俺を受け入れてくれたのなら、是永さんも受け入れてくれないだろうか？

長い長い沈黙。

おばあちゃんの言葉を待って、俺も是永さんも何も言わなかった。

おばあちゃんは目を伏せて長いため息をついた後、書類を畳んだ。

「考えとこう。結婚はしないが、養子は考えてみる。お前さんは没交渉でも、道理として是永さんご夫婦に話も通さなきゃならないしね」

「弁護士ならうちの会社で雇ってるヤツを回すよ」

「至れり尽くせりだこと。それじゃ、その弁護士さんと話をしてからだよ」

弁護士と話をする、ということは前向きに考えてくれるということだよな？

「ありがとう、おばあちゃん」

俺は深く頭を下げて彼女に感謝を述べた。

言葉では足りないくらい、気持ちも溢れた。自分に、本当の意味での家族ができる。その中にちゃんと是永さんもいる。それが嬉しくて。

「条、顔を上げろ」

泣きそうだった俺の肩に、彼が手を置く。

顔を上げると、彼はポケットからベルベットを貼ったケースを取り出した。

「左手を出せ」

「……え？」

彼が開いた箱の中に並んだ二つの指輪。

「誰に誓う必要もないが、カチコさんには誓っておきたい。大切なお孫さんをいただきます。これはその証しです、と」

言ってる間に彼が俺の手を取って指輪を嵌める。

「ちょ……、ちょっと待ってください。でもこんなのを他人に見られたら。日本は同性愛者に

厳しいんでしょう？」

「俺にも嵌めてくれ」

「是永さん」

有無を言わさず、彼が自分の左手を差し出す。

「いやなら諦めるが」

狡《ずる》いセリフだ。そう言われては拒むことはできない。

俺は呆れた顔をしているおばあちゃんを見ながら、彼の指に指輪を嵌めた。

「法律的にはまだ他人だが、これで俺達は家族だ」

揃いの指輪をした二人の手を見ていると、堪えていた涙が零れてしまった。こんなことするなんて聞いていなかったから。

自分達の繋がりが形に残るなんて、嬉し過ぎて。

泣いた俺の頭を、是永さんが優しく撫でる。

「これでお互いの虫よけにもなるな。保育園のママさん達の誘いも断れるだろう」

「……そんなもの、ありませんよ」

どうかな、という顔で笑われた。

「そしてカチコさん、これはあなたの分だ」

是永さんが新しく別のケースを二つ、取り出す。

「私の？」

「そう、で、こっちがみゆちゃんの。あの子はまだ小さいから鎖を通して首からかけられるようにしてある」

「結婚指輪だろう？」

「俺と条のは。だからこっちの二つはよく似てるが少し違うデザインだ」

「何だってそんなことを」

「これは、ファミリーリングだよ」

「ファミリーリング？」

俺も涙を拭って彼を見る。

「夫婦の証しがあるなら、家族の証しがあったっていいだろう？　俺が家族だと思っているのはこの四人だけ、そういう証しだ。ついでに、俺と条がしてることで何か言われたらファミリーリングだと逃げる理由にもできるしな」

「家族ごっこだね」

おばあちゃんの言葉に、是永さんは笑った。

「ごっこでもいいじゃないか。気持ちが真実なら」

おばあちゃんはテーブルの上のケースを手元に引き寄せた。

「……持ってるだけだよ。しやしないからね」

「うん。カチコさんは旦那さん一筋だもんな。だが悪くないアイデアだろ？　今度うちの会社でも売り出すかな」

「……ちゃっかりしてること」

おばあちゃんはケースと書類を持って、「しまってくる」と立ち上がった。

彼女が席を外して二人きりになると、待っていたかのように是永さんが俺を抱き締める。

「指輪は形式じゃない。誓いだ。俺には条が必要だし、お前には必要とされたいと願う気持ちの証しだ。受け取ってもらえてよかった」

俺が受け取らないということも想像した？

そんなこと、あるわけないのに。

「……それなら、絶対にこの指輪は外せませんね。俺にもあなたが必要だし、あなたに必要とされたい。どんな時でも」

おばあちゃんが席を外したのは、気遣いだったのかもしれない。

だって、激情タイプのこの人がおとなしくしているわけがないのだから。

流石に、孫と思っている二人が目の前でキスする姿は見たくなかったのだろう。

「……ン」

しかもこんなに激しいキスシーンなど。

わかっていても、俺は彼を押し止《とど》めることはできなかった。

また涙が出そうなほど、そのキスが嬉しかったから。

このまま離れたくなくてキスを続けてしまった。

「言っとくけど、イチャイチャするならさっさと帰っとくれ！」

廊下の奥からおばあちゃんの声が飛んでくるまで、ずっと……。

あとがき

皆様初めまして、もしくはお久しぶりでございます。火崎勇《ひざきゆう》です。

この度は『彼と彼との家族のカタチ』をお手に取っていただきありがとうございます。

イラストの金《かね》ひかる様、素敵なイラストありがとうございます。担当のM様、本当に色々とご迷惑をおかけしました。ありがとうございます。

さて、このお話、いかがでしたでしょうか？

是永と条は、ずっと欠けたところのある子供でした。カチコさんがいても、宇垣の養父母がいても、どこか『自分のものではない』という感覚があったのだと思います。

なので二人がめでたくまとまって、互いにこれは自分のもの、と思った途端……、バカみたいにベタ甘です。(笑)

さて、これからですがどうなるでしょうか？（ここからネタバレありです）

同居はしないのですが、是永は毎日のように宇垣家を訪れるので、ほぼ同居ですね。週末は条が是永の家にお泊まりで、恋人タイムです。

おばあちゃんは花街出身なので、恋愛には寛大。生温かい目で二人を見守るでしょう。

いつか、是永を養子にしてくれるのでは？

ということで、みんな幸せに暮らしましたなりですが、それでは面白くないので、色々トラブルもあって欲しいです。

たとえば、条が調理の専門学校に行くことを決めて学生生活を送るようになると、人付き合いも増える。その中に条狙いの人間が。

条は初めての友人が嬉しくて親しくなって、宇垣の家に招いたりするけど、そこで是永が相手の下心に気づき、相手も是永の存在に気づき、二人はバチバチに。

戦う二人の傍らで気づかない条は、二人が仲良くなったと思って寂しさを感じたりして。

でも事情を知ってしまえば、全てを知って自分だけを望んでくれる是永を選ぶでしょう。

一方、条が是永の会社にアルバイトに行くと、思った通りモテモテの是永の姿を見る。

それでちょっとヘコんでると是永が慰めるのだけれど、その姿を見た是永狙いの女にイジワルされたりする。

でも条はアメリカで揉まれてますから、結構強いので負けたりしません。それどころか、自分が満足できないからって他人を攻撃するのは欲求不満ですか？　ぐらい言いそう。

優しい人々には優しく、攻撃してくる人には反撃するのです。

ちなみに、カチコさんの旦那様は物凄いイケメンでした。そしてこんな環境で育つみゆちゃんは、きっと自由な発想の強い女性に育つでしょう。

それではそろそろ時間となりました。またの逢う日を楽しみに、皆様御機嫌好う。

カクテルキス文庫

Cocktail Kiss Label

好評発売中!!

◆葵居ゆゆ

- 青の王と花ひらくオメガ　笹原亜美 画　本体755円＋税

- キャラメル味の恋と幸せ　古澤エノ 画　本体760円＋税

◆伊郷ルウ

- 天狐は花嫁を愛でる　明神 翼 画　本体639円＋税
- 赤ちゃん狼が縁結び　小路龍流 画　本体685円＋税
- 異世界で癒やしの神さまと熱愛　えとう綺羅 画　本体685円＋税
- 熱砂の王子と白無垢の花嫁　えとう綺羅 画　本体685円＋税
- 花嫁は豪華客船で熱砂の国へ　水綺鏡夜 画　本体685円＋税
- 八咫鴉さまと幸せ子育て暮らし　すがはら竜 画　本体755円＋税
- 虎の王様から求婚されました　古澤エノ 画　本体755円＋税
- お稲荷さまはナイショの恋人　すがはら竜 画　本体760円＋税

◆上原ありあ

- 囚われた砂の天使　有馬かつみ 画　本体639円＋税

◆海野幸

- ウサ耳オメガは素直になれない　小椋ムク 画　本体755円＋税

◆えすみ梨奈

- 天才ヴァイオリニストに見初められちゃいましたっ！　立石 涼 画　本体685円＋税

◆栗城 偲

- 嘘の欠片　一夜人見 画　本体755円＋税

◆高岡ミズミ

- 恋のためらい愛の罪　蓮川 愛 画　本体632円＋税
- 今宵、神様に嫁ぎます。～花嫁は強引に愛されて～　緒田涼歌 画　本体573円＋税
- 恋のしずくと愛の蜜　蓮川 愛 画　本体639円＋税
- 竜神様と僕とモモ～ほんわか子育て溺愛生活♥～　タカツキノボル 画　本体639円＋税
- 情熱のかけら　えとう綺羅 画　本体685円＋税
- 月と媚薬　立石 涼 画　本体685円＋税
- 溺れるまなざし　やすだしのぐ 画　本体685円＋税
- オメガの純情～砂漠の王子と奇跡の子～　小山田あみ 画　本体755円＋税
- 不器用な唇 First love　金ひかる 画　本体760円＋税
- 不器用な唇 Sweet days　金ひかる 画　本体760円＋税

◆橘かおる

- 神獣の寵愛～白銀と漆黒の狼～　明神 翼 画　本体573円＋税
- 神獣の溺愛～狼たちのまどろみ～　明神 翼 画　本体630円＋税
- 黒竜の花嫁～異世界で王太子サマに寵愛されてます～　稲荷家房之介 画　本体639円＋税
- 神の花嫁　タカツキノボル 画　本体648円＋税
- レッドカーペットの煌星　明神 翼 画　本体685円＋税
- その唇に誓いの言葉を　実相寺紫子 画　本体685円＋税
- 神主サマはスパダリでした　タカツキノボル 画　本体685円＋税
- 黒竜の寵愛～異世界で王太子サマと新婚生活～　稲荷家房之介 画　本体685円＋税

- 神様のお嫁様　タカツキノボル 画　本体685円＋税
- 王宮騎士の溺愛　タカツキノボル 画　本体685円＋税
- 妖精王と麗しの花嫁　香坂あきほ 画　本体685円＋税
- いつわりの甘い囁き　すがはら竜 画　本体755円＋税
- ツンデレ猫は、オレ様社長に溺愛される　香坂あきほ 画　本体755円＋税

Cocktail Kiss Label

カクテルキス文庫

好評発売中！！

◆中原一也
野良猫とカサブランカ　実相寺紫子 画　本体591円+税

◆火崎 勇
ランドリーランドリー　有馬かつみ 画　本体685円+税
夕闇をふたり　実相寺紫子 画　本体685円+税
ホントウは恋のはじまり　タカツキノボル 画　本体755円+税

◆日向唯稀
Dr.ストップ —白衣の拘束—　水貴はすの 画　本体600円+税
Bitter・Sweet —白衣の禁令—　水貴はすの 画　本体618円+税
獄中 —寵辱の褥—　タカツキノボル 画　本体685円+税

◆妃川 螢
オーロラの国の花嫁　えとう綺羅 画　本体573円+税
誑惑の檻 —黒皇の花嫁—　みずかねりょう 画　本体630円+税
ラブ・メロディ —執着の旋律—　せら 画　本体648円+税
ラブ・メロディ —情熱の旋律—　せら 画　本体685円+税
王と剣 —マリアヴェールの刺客—　みずかねりょう 画　本体685円+税

恋の孵化音 —Love Recipe—　かんべあきら 画　本体685円+税
金融王の寵愛　海老原由里 画　本体685円+税
禁断ロマンス　朝南かつみ 画　本体685円+税
王様のデセール —Dessert du Roi—　笹原亜美 画　本体760円+税

◆藤森ちひろ
愛執の褥 〜籠の中の花嫁〜　小路龍流 画　本体618円+税

◆森本あき
魔王の花嫁候補 〜下級魔法使いの溺愛レッスン〜　えとう綺羅 画　本体685円+税
希少種オメガの憂鬱　立石 涼 画　本体685円+税
同棲はじめました。〜子育て運命共同体〜　タカツキノボル 画　本体755円+税

◆義月粧子
宿命の婚姻 〜花嫁は褥で愛される〜　みずかねりょう 画　本体582円+税
かりそめの婚約者　水綺鏡夜 画　本体630円+税
オメガバースの不完全性定理　星名あんじ 画　本体685円+税
オメガバースの双子素数予想　星名あんじ 画　本体685円+税
オメガバースのP対NP予想　星名あんじ 画　本体685円+税

諸侯さまの子育て事情　小禄 画　本体685円+税
オメガバースの寵愛レシピ　Ciel 画　本体755円+税
闇に溺れる運命のつがい　タカツキノボル 画　本体755円+税
箱入りオメガは溺愛される　すがはら竜 画　本体755円+税
引き合う運命の糸 〜α外科医の職場恋愛〜　古澤エノ 画　本体760円+税

【電子書籍配信】

◆妃川 螢
不敵な恋の罪　タカツキノボル 画　本体857円+税
ワガママは恋の罪　タカツキノボル 画　本体857円+税

Cocktail Kiss Label

カクテルキス文庫をお買い上げいただきありがとうございます。
先生方へのファンレター、ご感想は
カクテルキス文庫編集部へお送りください。

〒102-0073　東京都千代田区九段北3-2-5 5F
株式会社Jパブリッシング　カクテルキス文庫編集部
「火崎　勇先生」係 ／「金ひかる先生」係

◆カクテルキス文庫HP◆ https://www.j-publishing.co.jp/cocktailkiss/

彼と彼との家族のカタチ

2022年1月30日　初版発行

著　者　火崎　勇

発行人　神永泰宏

発行所　株式会社Jパブリッシング
〒102-0073　東京都千代田区九段北3-2-5 5F
TEL　03-3288-7907
FAX　03-3288-7880

印刷所　中央精版印刷株式会社

ISBN978-4-86669-461-0　Printed in JAPAN